Celine Clair

No *Love* at work

Roman

© 2019 Celine Clair

Alle Rechte vorbehalten

1. Auflage 2019

Umschlaggestaltung: © Jaqueline Kropmanns

Korrektorat: Daniela Jungmeyer

Verlag & Druck: tredition GmbH, Halenreie 40-44, 22359 Hamburg

ISBN: 978-3-7482-9600-3

Dieses Buch enthält Passagen, die für Jugendliche unter 16 Jahren nicht geeignet sind!

Vorwort

Geschichten werden geschrieben, um zu berühren, zum Nachdenken zu verleiten, schöne Stunden zu gewähren und einen aus dem grauen Alltag, traurigen Momenten oder schwierigen Lebenssituationen hinwegzutragen. Womöglich dienen sie auch der Unterhaltung, zum Mitärgern, weil Protagonisten nicht so ‚funktionieren‘, wie man es selbst tun würde oder sie locken Tränen aus den Augenwinkeln, sei es aus Freude oder Trauer.

Ich hoffe daher, diese Geschichte kann auch dir eine wunderbare Lesezeit ermöglichen. Sollte es tatsächlich so sein, wäre das schönste Lob und die größte Unterstützung, deine Meinung in Form einer Rezension in einer dir genehmen Onlineplattform oder in einem Onlineshop dazulassen ;)!

Danke!

Inhaltsverzeichnis

1 | Unter den Teppich kehren

„*W*ie konntest du das nur zulassen? Es war offensichtlich, dass die Unterlagen nicht vollständig sind. Du bringst mich in Teufels Küche damit!", spie Fabian seinem Kollegen Torsten entgegen. Hektisch wuselte sich Fabian durchs Haar und blickte abwechselnd auf die Lücke zwischen den Ordnern im Regal und zu Torsten. Und dieser leere Platz zwischen den Schadensfällen aus den Jahren 2014 und 2016 schien beinahe rot zu leuchten. Fabian malte sich bereits aus, wie er vor der Nase seines Chefs zu schrumpfen begann, da er ihm beichten musste, dass er seinen Anweisungen aus purer Faulheit nicht Folge geleistet hatte.

„Du hast leicht reden. Du warst krankgeschrieben und sie war immerhin vom Rechnungshof. Was hätte ich bitte tun sollen? Wie oft wirst du von einem Kontrollorgan spontan besucht und gebeten, Unterlagen auszuhändigen? Noch dazu, wie weit gehen meine Kompetenzen als Stellvertretung? Und in meiner Position … wie hast du dir das vorgestellt, hätte ich ihr vorgaukeln sollen, es gebe keine Dokumente?" Mit düsterem Gesichtsausdruck schritt Torsten nun direkt ans Regal und deutete provokativ auf die Beschriftung der Ordnerrücken, auf denen dick und fett der Inhalt festgehalten war.

„Kannst du lesen? Denn die Prüferin konnte gewiss lesen. Da steht Scha-dens-fälle 2014. Oder erkennst du da etwas anderes? Offensichtlicher konnte es einfach nicht sein. Und dass nicht alle Schadensfälle drinnen sind, die du auf deiner Statistik getürkt hast, dafür kann ich nichts!", fuhr Torsten ihn an und übertraf sich bereits mit seiner filmreifen Vorstellung, seinem lang gezogenen Rollen der Silben und den theatralischen Verweisen auf die Schriftzüge. Fabian wäre ihm vor Wut am liebsten ins perfekt gemeißelte Gesicht gesprungen.

„Du hättest mir zur Abwechslung vielleicht einmal meinen Rücken stärken können, anstatt mir das Messer auch noch hineinzurammen. Was wäre dabei gewesen, wenn du ehrlich geäußert hättest, dass ich krankgeschrieben sei? Dass du nicht mit Sicherheit sagen könntest, ob ausnahmslos alle Schadensfälle einsortiert sind oder noch Ordner mit offenen Fällen et cetera woanders abgelegt seien?"

Torstens Kopf fuhr abrupt in die Stütze seines modernen Schreibtischsessels zurück, als hätte er einen Frontalstoß bei einem Unfall erlebt. Er riss die Augen auf und verschränkte resolut die Hände vor sich. „Ist das dein Ernst? Ich. Soll. Für. Dich. Lügen? Echt jetzt? Warum zum Henker sollte ich das tun? Was machst du schon für mich, außer mir ständig Arbeit zuzuschanzen, die dir selbst nicht interessant genug erscheint oder dir kein Prestige einbringt? So wie zum Beispiel die Beschwerden bei uns im Amt."

Beruhige dich. Das bringt dich nicht weiter ..., flüsterte Fabians Gewissen. Und es hatte recht. Konzentriert atmete er aus, kratzte sich am Hinterkopf und erwog seine Optionen.

„Okay. Ich verstehe: danke! Dann werde ich mich wohl höchstpersönlich darum kümmern müssen." Mit diesen Worten lief Fabian zu seinem Schreibtisch im Gemeinschaftsbüro, packte sein Notizbuch und machte sich an Torsten vorbei zur

Tür auf. Mit einem hochroten Schädel schnappte er im Vorbeigehen noch seinen Mantel vom Haken beim Eingang und wollte vermeiden, sich noch mal umzudrehen.

„Ah! Du glaubst, bescheiden wie du bist, du könntest durch ein charmantes Lächeln und ein Augenzwinkern Bonuspunkte bei der Prüferin kassieren, oder wie? Denkst du wirklich, das funktioniert in jeder Lebenslage?"

Als Fabian an der Tür angekommen Torsten noch einen genervten Seitenblick gönnte, runzelte dieser beiläufig seine Stirn und blickte mitleidig an ihm auf und ab. Dabei wusste Fabian, dass da nur der blanke Neid aus seinem Kollegen sprach. Denn gewiss gehörte Fabian nicht zu jenen Männern, nach denen sich Frauen reihenweise umdrehten, um auch die Kehrseite von oben bis unten zu scannen. Aber er hatte das Talent, mit den richtigen Worten, Taten und der Mimik Ketten zu sprengen, selbst wenn diese zuvor als unzerstörbar gegolten hatten. Und Fabian nutzte diese Gabe in jeder Situation schonungslos aus. Sei es, um bei McDonald's die Schlange zu umgehen, sündhaft teure Kleidung ohne Rechnung umzutauschen oder gar um Frauen so ein schlechtes Gewissen einzureden, dass es ihnen unmöglich war, ihm einen Korb zu geben. Und mit diesem Talent konnte er ohne sich zu schämen prahlen, denn Erfolg kam nur zu denen, die sich ihrer Stärken bewusst waren.

„Ob es in jeder Lebenslage funktioniert? Das werde ich wohl nun herausfinden müssen", erklärte Fabian selbstbewusst, knöpfte sich noch seinen Blazer zu und verschwand mit einem kecken Zwinkern aus dem Büro.

2 | Überschätzt

*F*abian fühlte sich wie in einem Hochsicherheitstrakt. Zuerst hatte er beim Haupteingang über ein Kontrollpad erklären müssen, dass er zu Frau Dr. Glaser wollte. Nun im vierten Stock angekommen, stand er erneut vor einer unüberwindbar scheinenden Glastür ohne Griff.

Na toll. Und jetzt? Soll ich wieder auf die Klingel drücken oder werde ich abgeholt wie ein Pizzabote?

Fabian ärgerte sich, denn er hatte gehofft, ohne einen Termin relativ zwanglos ein Gespräch mit der Prüferin zu führen. Obgleich er unterschätzt hatte, dass sein Besuch nicht so inoffiziell bleiben würde wie gehofft, da er nicht ohne Hilfe weiterkam.

Oder etwa doch?

Vor Fabians Augen erschien eine Silhouette hinter der milchigen Glastür, was andeutete, dass eine Person im Begriff war, durch diesen Eingang zu treten. Und so war es auch. Eine sehr groß gebaute Frau mit rot gefärbtem Haar, grünem Stiftrock und hochgeschlossener schwarzer Bluse lief ihm beinahe in die Arme. Sie wollte offenbar eilig zum Aufzug oder zu den Büroräumen an der anderen Seite.

„Hoppla!", rutschte es der Dame heraus und sie konnte gerade noch rechtzeitig abbremsen, bevor sie gegen seine Brust prallte. Fragend sah sie ihn nun an, als wäre es an ihm, sich zu erklären.

Vermutlich lungern im Vorhof zur Hölle nicht allzu oft verirrte Seelen herum, überlegte Fabian belustigt.

„Entschuldigen Sie. Ich wollte Sie nicht erschrecken. Ich bin nur auf der Suche nach Frau Dr. Glaser, die hoffentlich in diesem Stockwerk zu finden ist." Fabian setzte sein charmantestes Lächeln auf und streifte sich mit der Hand die zu langen Stirnfransen aus dem Gesicht. Zeitgleich übernahm er den Türrahmen und wies sie höflich hinaus, um ihr nicht weiter im Weg zu stehen. *Man wollte doch die Lakaien der Hölle nicht länger aufhalten als nötig.*

Die adrette Frau machte jedoch keine Anstalten, ihn vorbeizulassen, verschränkte stattdessen die Arme vor sich und blinzelte ihn kalkulierend an. „Haben Sie denn einen Termin?" Die Art und Weise, wie sie das sagte, deutete darauf hin, dass dies nicht oft vorkam.

Fabian räusperte sich und streckte ihr galant die Hand entgegen, die etwas zögerlich in Empfang genommen wurde.

„Entschuldigen Sie, wie unhöflich von mir. Mein Name ist Fabian Schonauer und ich komme von der Magistratsabteilung 23 für Verkehrsangelegenheiten. Mir ist es etwas unangenehm, dass ich derart hereinplatze, aber um ehrlich zu sein, bin ich mit Prüfprozessen nicht so vertraut. Ich befürchte jedoch, es hat ein klitzekleines Missverständnis gegeben, das ich nun gerne aus der Welt schaffen würde. Sie könnten nicht zufällig ein Auge für mich zudrücken und mir sagen, wo ich Ihre Kollegin finde?" Lässig ließ er seine Brauen tanzen und spielte ihr ein unbeholfenes Gesicht vor, was sofort zog. Und Fabian war stolz darauf, denn für gewöhnlich fielen Frauen von Natur aus nur dem Kindchenschema zum Opfer. Kleinkinder mit rundem Gesicht und riesigen, traurigen Knopfaugen, die Schutzbedürftigkeit und den Wunsch nach Hilfe und Fürsorge bei ihnen auslösten. Bei ihm jedoch kam der zweite Ausnahmezustand zum Tragen: ein Mann, der sich rasch an äußere Zeichen anpassen konnte. Wenn eine Frau einen abgeklärten, ruppigen Kerl suchte, der für sie der Inbegriff von Stärke und Leidenschaft war, dann stellte Fabian sich darauf ein. Wenn sie allerdings einem schüchternen, verunsicherten Typen auf den Leim gingen, weil es absolut untragbar wäre, ihn wegzuschicken, dann hatte Fabian diese Masche ebenfalls perfekt drauf.

„Sie scheinen also keinen Termin bei ihr zu haben, geben es aber wenigstens zu. Folgen Sie mir, ich bringe Sie zu ihr."

Bingo!

Fabian hatte alle Mühe, sein zufriedenes Grinsen zu unterdrücken und stattdessen Erleichterung auf sein Antlitz zu malen. Immerhin schritt die Frau nun direkt vor ihm her und vergewisserte sich alle paar Meter, ob er sich noch hinter ihr befand.

Wovor haben die Leute hier nur solche Angst? Sie tun bei diesen Firmengeheimnissen gerade so, als würde es hier um die nationale Sicherheit gehen oder um Leben und Tod!

Beim Marsch durch die schneeweißen Gänge mit überdimensionalen Höhen und den grau gesprenkelten Fliesen waren Fabians Augen rasch an dem schaukelnden Po der Assistentin haften geblieben. Ein goldener mittiger Reißverschluss, der den gesamten Rock zusammenhielt, ließ sehr leicht unangebrachte Gedanken schlüpfen. Generell wies diese Silhouette wunderbare Kurven zum Nachziehen auf, sodass es ihm schwerfiel, sich auf den wesentlichen Grund seines Kommens zu konzentrieren: nämlich den Ordner zurückzubekommen.

Warum wogen Frauen ihre Hüften immer so bedacht, überkreuzten elegant ihre Beine, machten ein Hohlkreuz, welches durch überhohe Pumps und verzierte Nylons noch zusätzlich betont wurde? Wie konnte man da einem gestandenen Mann verübeln, dass er leicht abgelenkt war und sich in diesem Labyrinth weder den Rückweg einprägte noch neugierig die Namensschilder neben den Türen studierte?

Fabian kam nicht darum herum, sich vorzustellen, eines Tages auch eine Abteilung zu führen und sich eine Assistenz genau dieses Kalibers anzustellen. Eine entwaffnende, dominante Lady, die den Überblick behielt und dennoch nur die nötigsten Fragen stellte. Frauen wie sie waren leicht zu durchschauen und zu manipulieren, aber es war nicht zu leugnen, dass sie ihren Zweck bravourös erfüllten.

Da Fabian langsam das Gefühl bekam, der Weg würde nie enden oder sie würden im Kreis spazieren, versuchte er die Zeit, die ihm blieb, konstruktiv zu gestalten: „Würden Sie mir vielleicht einen Tipp in Bezug auf Frau Dr. Glaser geben? Ist sie eine der besonders strengen und genauen Prüferinnen oder drückt sie ein Auge zu, wenn eine Prüfstelle große Bemühungen für künftige Besserung signalisiert?"

Aufmerksam beobachtete er den Gesichtsausdruck der Dame, die auf ihn wie eine gut geschulte Assistentin wirkte. Sie ließ sich nun vertrauensvoll zu ihm zurückfallen, bis sie neben ihm zum Stehen kam.

Fabian benetzte nervös seine Lippen und versuchte, aus ihrer Gestik und Mimik zu lesen. Bei der plötzlichen Erkenntnis, dass sich teilweise die Konturen ihres BHs durch den zarten Stoff drückten, war dies jedoch eine Nervenprobe. Sie lehnte sich etwas näher an ihn heran, klimperte mit diesen verführerischen Wimpern, ließ jedoch ihre Umgebung dabei nicht unbeaufsichtigt, als würde sie nicht gerne beim Ausplaudern vertraulicher Informationen ertappt werden.

„Wissen Sie, es steht mir nicht zu, das zu sagen, aber mit Frau Dr. Glaser ist nicht zu scherzen. Sie ist unberechenbar, mitunter auch launisch, wenn sie mitbekommt, dass sie für dumm verkauft wird. Sie kann es nicht ausstehen, wenn ihr Unterlagen vorenthalten werden, sie nur halbe Sachverhalte erhält oder ewig auf versprochene Dokumente warten muss. Ansonsten kann ich Ihnen leider nicht viel berichten, außer eines …" Sie atmete tief aus und sah ihn nun eindringlich an. Ihre grünen Augen leuchteten und sie schien mit sich zu ringen, ob sie es ihm tatsächlich anvertrauen sollte.

Fabian roch seine Chance, neigte seinen Kopf etwas näher zu ihr hinab und nickte ihr zuversichtlich zu. „Was muss ich noch wissen? Sie können es mir ruhig sagen, bei mir ist es sicher." Ein leichtes Klopfen seiner Hand gegen seine Brust sollte den Rest erledigen.

Die Frau studierte seine Gesichtszüge, um ihn offenbar besser einzuschätzen. Doch wie so oft hatte Fabian den Code des Vertrauens geknackt und die Rothaarige fuhr fort: „Fangen

Sie bloß nicht mit Floskeln wie ‚Das ist weit vor meiner Zeit passiert', ‚Das ist historisch gewachsen' oder ‚Wir haben das immer schon so gemacht' an. Sie reagiert besonders allergisch darauf. Ich würde meinen, es ist besser, offen und ehrlich zu sein und alle Karten auf den Tisch zu legen. Mehr, als es zu versuchen, kann man ohnehin nicht, selbst wenn ich gehört habe, dass sie unerbittlich ist."

Als die Frau das Wort ‚unerbittlich' aussprach, erinnerte es Fabian an das züngelnde Lispeln einer Kobra, die ihn warnte und er war verflucht dankbar für diesen Tipp. Denn nun würde er seine Taktik ändern, da er ausgerechnet mit diesen Einstiegsphrasen das Gespräch hatte beginnen wollen. Nun musste Plan B geboren werden.

Dankbar nahm er die rechte Hand der Frau behutsam in seine Hände und führte sie wie ein Gentleman der alten Schule zu seinen Lippen und deutete einen Kuss an.

„Vielen herzlichen Dank. Womöglich haben Sie meinen Tag gerettet." Er zwinkerte ihr noch zu und entlockte ihr dadurch ein freundliches Lächeln, welches nur kurz währte, da sie sich von ihm löste und den Gang nun weiterspazierte. Mit Fabian im Schlepptau.

Nur wenige Meter weiter, nach ein paar Linksabbiegern, verlief der Weg wieder durch eine milchige Glastür und sie kamen an eine Gabelung. Fabian schaute skeptisch zu seiner Linken, wo sich ebenfalls eine transparente Tür befand.

Könnte es sein, dass ich zu Beginn durch exakt diesen Eingang gekommen bin? Er war komplett orientierungslos, als er aus seinem Gedankengang herausgerissen wurde.

„So, hier ist das Büro von Frau Dr. Glaser. Ich drücke Ihnen ganz fest die Daumen." Die Assistentin nickte ihm zuversichtlich zu. Mit diesen Worten richtete Fabian sich nochmals seine Krawatte, strich sich sein Haar in Position und verfolgte dann, wie die Frau die Tür für ihn einladend öffnete.

Zielstrebig schritt Fabian in das winzige Büro, das mit kunstvollen, aber vor allem bunten Leinwänden vollgepflastert war. Er war überwältigt von der Vielfalt und der Ausdrucksstärke, dass er erst beim zweiten Blick erkannte, dass der Stuhl hinter dem Schreibtisch leer war. Doch als Fabian sich gerade umdrehen und sich bei der Assistentin nach dem Verbleib von Frau Dr. Glaser erkundigen wollte, schloss diese die Tür hinter sich. Dann schritt sie schnurstracks an ihm vorbei, um es sich ohne weitere Worte auf dem Schreibtischsessel bequem zu machen. Fabian kippte die Kinnlade runter, als sie ihn nun mit erhobenem Haupt ansah.

„Und? Wie kann ich Ihnen nun helfen, Herr Schonauer?"

3 | Beruflicher Kodex

irell tat dieser Herr Schonauer beinahe leid, doch die Versuchung, ihn aufs Glatteis zu führen, war einfach zu groß gewesen. Immerhin war er ungeladen aufgetaucht und würde sich künftig davor hüten.

Sie beobachtete, wie sein Gesicht augenblicklich an Farbe verlor, seine Lippen nach den letzten Gedächtnisschnipseln angelten und seine Hände wohl unwissentlich am Knoten seiner Krawatte zogen. Für ihn schien gegenwärtig nicht genug Sauerstoff in diesem Raum zu sein.

„Sie haben mich reingelegt", plumpste es ihm lapidar heraus, wobei an den geweiteten Augen abzulesen war, dass ihm diese Erkenntnis lieber nicht rausgerutscht wäre. Dann blickte er wie in Trance zu Boden, hielt einen Zeigefinger in die Höhe und erklärte: „Sie entschuldigen mich bitte, ich würde gerne neu beginnen." Mit diesen Worten wandte er Mirell den Rücken zu und verließ erstaunlicherweise das Büro. Geradezu geräuschlos ließ er die Tür ins Schloss gleiten, nur um in der nächsten Sekunde durch ein Klopfen dagegen seine Anwesenheit anzukündigen. Mirell hielt ein Grinsen im Zaum und rief laut: „Herein!"

Mit einem freundlichen Lächeln öffnete er die Tür abermals und tat so, als wäre es ihre allererste Begegnung. Etwas gespielt kam er ihr mit ausgestreckter Hand entgegen, um sie ihr dann höflich anzubieten.

Mirell erhob sich ein Stück aus ihrem Sessel, um ihm zuvorzukommen und vernahm: „Guten Tag, Frau Dr. Glaser!

Mein Name ist Fabian Schonauer und ich bin für den Prozess der Schadensabwicklungen in der Magistratsabteilung 23 zuständig. Sie werden sich bestimmt wundern, warum ich so unerwartet in Ihr Büro platze, doch Sie haben sich vor ein paar Tagen meine Unterlagen zum Thema Schadensfälle an Dienstkraftwagen abgeholt. Ich weiß, wir hatten keinen Termin und auch noch nicht das Vergnügen, uns persönlich kennenzulernen, aber ich wollte auch nur ein paar Minuten Ihrer geschätzten Zeit in Anspruch nehmen. Wäre dies vielleicht möglich?" Er massierte zwar ruhelos seine Hände, doch die sichere Haltung verriet ihr, dass er eine Absage als unwahrscheinlich einordnete.

Mirell zog einen Mundwinkel in die Höhe, als sie seine rechte Hand bereits übereifrig auf dem Stuhl ihr gegenüber erkannte. Geradezu, als würde er damit rechnen, ihn sogleich unter dem Tisch vorzuziehen, um sich zu setzen. Kurz war sie versucht, ihn auflaufen zu lassen. Denn so unverschämt war in all den Jahren noch nie eine Prüfstelle gewesen, andererseits hatte sie sich bereits ausgedehnt auf seine Kosten amüsiert. Daher wies sie ihm höflich den Stuhl.

„Es freut mich ebenso, Sie persönlich kennenzulernen. Ich kann ein paar Minuten bis zu meinem nächsten Termin für Sie erübrigen. Wobei ich dennoch hoffe, dass Sie sich künftig vorher telefonisch ankündigen, damit ich mich zeitlich richten kann."

„Ich hoffe ja nicht, dass es nötig sein wird, aber ich gelobe Besserung", kam es amüsiert zurück und er zog nun an dem Stuhl. Mirell hörte das Schleifen der Stahlbeine und machte sich auf ein interessantes Gespräch gefasst. Immerhin wusste Herr Schonauer nun, dass sie kein Freund von Ausreden und langatmigen Erklärungen war. Sie sah sich in ihrem Beruf keineswegs als Gipfel der Pyramide. Doch sie wusste, dass lediglich ein Anruf mit der Vorstellung als Prüferin oder die Termine vor Ort als Kontrollorgan durchaus Verschleierungen und Schauspielerei bei Mitarbeitern auslösten, aus Angst, etwas falsch zu machen.

In den ersten Jahren in diesem Beruf war sie noch naiv gewesen. Sie hatte gedacht, die Mitarbeiter der Prüfstellen wären einfach nur besonders freundlich und zuvorkommend ihr gegenüber, bis sie ihr reihenweise mit Fehlbehauptungen in den Rücken gefallen waren. So kam es nicht einmal vor, dass Unterlagen angeblich übermittelt worden waren und Mirell die Informationen daraus bewusst oder schlampig nicht hatte in den Bericht einfließen lassen. Oder es wurde behauptet, dass Mirell ihr Äußeres dazu verwendete, die Mitarbeiter aus dem Konzept zu bringen, und daher verbale Missverständnisse entstanden waren.

Mirell hatte dadurch gelernt, dass keine Prüfstelle gerne Fehler zugab. Selbst wenn sie bei einem Einstiegsgespräch vor einer Organisations- oder Prozessprüfung extra darauf hinwies, dass es hier nicht darum ging, wer etwas falsch machte, sondern lediglich darum, wie man sich weiterentwickeln oder Synergien nutzen konnte. Doch die Angst und Vorsicht blieb in den Leibern der Prüflinge fest verankert. Zudem bemühte Mirell sich, Distanz zu wahren, keinen zu freundschaftlichen Zugang zuzulassen, solange sie keine Erfahrung in Bezug auf die entsprechenden Personen hatte. Nicht zuletzt sicherte sie sich stets mithilfe von Kopien und Aktenvermerken ab, um später bei einem ungerechtfertigten Angriff ihre korrekte Arbeitsweise belegen zu können. Gerade dies war in ihrem Job unumstößlich. Und sie brauchte diesen Job unbedingt, um den Kredit für ihre Wohnung zahlen zu können.

„Gut, Herr Schonauer, da Sie nun den weiten Weg auf sich genommen haben, was gibt es denn für Missverständnisse, die Sie ausräumen wollen? Ich bin nämlich noch nicht ganz durch bei den Unterlagen und bräuchte etwas Zeit, mich einzulesen."

Herr Schonauer lehnte sich mit den Ellenbogen auf ihren Tisch und wirkte ruhig und professionell. Sie musste zugeben, dass er eine sehr einnehmende und angenehme Aura versprühte. Speziell seine hellblauen Augen luden dazu ein, darin zu versinken, wenn es sich hier nicht um einen Kunden handeln würde. Denn Mirell trennte Berufliches und Privates konsequent.

„Was für eine Erleichterung, dass Sie dies ansprechen. Genau genommen geht es um den Ordner mit den Schadensfällen aus dem Jahr 2015. Ich muss Ihnen gestehen, dass mir hier ein klitzekleiner Fauxpas passiert ist …" Betreten deutete er mit Zeigefinger und Daumen einen kleinen Spalt an. „… Die Dokumente sind nicht ganz vollständig."

Mirell wurde aufmerksam. „Nicht vollständig? Und wie kommt das?"

Das Lächeln des Gegenübers wurde einladender und er lehnte sich dichter heran, um offenbar im Vertrauen mit ihr zu reden. Sie tat es ihm gleich, selbst wenn es lächerlich war, da es hier weit und breit keine langen Ohren gab. Nun war es auch unvermeidlich, dass eine Prise seines Eau de Cologne in ihre Nase drang und sie tiefer inhalierte, als förderlich war.

„Sehen Sie, ein paar Reparaturrechnungen sind lose einsortiert, da ich noch nicht die Zeit gefunden hatte, eigene Schadensakte dafür anzulegen. Nun könnte fälschlicherweise der Eindruck erweckt werden, dass Rechnungen mit komplett widersprüchlichen Mängeln im Vergleich zu den Unfall-meldungen in ein und demselben Akt gelandet wären." Theatralisch begleitete ihr Gegenüber die Erklärung mit seinen großen, gepflegten Händen, die sich bereits zu besagtem Ordner aufmachten, der nur wenige Zentimeter entfernt von ihm auf ihrem Tisch aufgestellt dastand. Etwas alarmiert fixierte Mirell seine Finger und langte nach dem Beweisstück, bevor er es unerlaubt entwenden konnte, und legte es resolut vor sich auf der Tischplatte ab.

„Wollen Sie mir gerade beichten, dass die Anzahl an Schadensfällen dadurch ungeplant getürkt wurde und sie in Wahrheit viel höher läge?" Sie formte ihre Lider zu Schlitzen, denn so harmlos der Mitarbeiter ihr dies unterbreiten wollte, war die Sache nämlich nicht.

Blitzartig bugsierte er seine warme Hand auf die ihre, die fest auf der Vorderseite des Ordners geparkt war. In seinen Augen war ein Hauch von Nervosität zu erkennen und Mirell schoss eine Gänsehaut den Arm hoch, da es noch nie ein Fremder zuvor so frech gewagt hatte, sie unerlaubt anzufassen. Doch sie war zu perplex und zu sehr damit beschäftigt, ihn dafür nicht automatisch zu ohrfeigen, anstatt ihm verbal seine Grenzen aufzuzeigen.

„Bitte. Ich bin ehrlich zu Ihnen, also verurteilen Sie mich nicht voreilig." Als Herr Schonauer diesen reumütigen Blick auflegte, fühlte sie sich ein klein wenig entwaffnet. Etwas war merkwürdig an ihm, denn diese warme Hand fühlte sich nun vertraut und nicht mehr irritierend an. Dennoch zog sie ihre langsam heraus, da sie mit dieser Annäherung nicht umgehen konnte. Mirell konzentrierte sich nun auf seinen Ausdruck. Irgendwie haftete an diesem Gesicht die Furcht zu versagen und auch die Hoffnung, zu retten, was noch zu retten blieb. Und sie wusste, dass der Mann an ihre Gutmütigkeit plädierte und sie weichklopfen wollte. Aus irgendeinem Grund nagte eine kleine Stimme an ihrer Beherrschtheit. Immerhin ging es hier um keine große Sache. Eigentlich …

„Wie ist es faktisch zu dieser leicht missverständlichen Aktenzusammenführung gekommen? War es Berechnung?" Sie musste es aus seinem Mund hören. Mirell blinzelte kein einziges Mal, denn sie wollte ihm das Gefühl geben, es genau erkennen zu können, sollte er beabsichtigen, sie anzulügen.

Herr Schonauer lehnte sich nun im Stuhl zurück und wirkte machtlos. Er stieß langsam Luft aus seinen Lungen und benetzte seine Lippen, die wohlgemerkt nicht unansehnlich waren. Mirell hatte nun die Zeit, diesen Mann intensiver zu betrachten. Er trug einen anthrazitfarbenen Anzug, der gewiss maßgeschneidert war. Mutig hatte er ein sehr farbenfrohes violettes Hemd mit Zierrändern am Hemdkragen und den Manschetten gewählt und eine grauviolett schimmernde

Krawatte rundete sein Auftreten ab. Er hatte auf jeden Fall Stil, selbst wenn es sich hier um ein inoffizielles Meeting handelte. Denn sogar Mirell hatte an Tagen, an denen kein Außentermin anstand, eher legere Kleidung im Büro an.

„Ich hatte meinem Chef bereits bei meiner Anstellung versprochen, mich um diese Unordnung zu kümmern. Offen gestanden war dieser Teil meines Aufgabenbereiches für mich immer zweitrangig. Es führte dazu, dass ich die ersten Akten nur halbherzig überarbeitet habe und dann nur nach und nach, wenn ich etwas zeitlichen Puffer übrig hatte und mich dazu aufraffen konnte. Böse Zungen würden behaupten, es wäre Faulheit …" Er ließ sich bei den letzten Silben Zeit und sah sie nun auffordernd mit einem hochgezogenen Mundwinkel an.

Mirell wartete ab, wie der Satz weitergehen würde, doch …

„Wäre jetzt nicht der Moment gewesen, mir zu widersprechen?", er lachte kurz auf, was es unmöglich machte, ernst zu bleiben und was sogar sie schmunzeln ließ. Sie mochte den Klang seiner Stimme und sie löste in ihr etwas aus, dass Mirell verunsicherte. Diese ungelöste Seite von ihm war durchaus sympathisch, musste sie sich eingestehen.

„Nun gut, reden wir nicht um den heißen Brei herum. Das bedeutet, dass ich in diesem Ordner Ungereimtheiten finden werde, die den Stand bei ihrem Vorgesetzten nicht unbedingt heben. Sie erwarten aber nun nicht von mir, dass ich da blind darüberblättere? Oder? Ihnen muss doch klar sein, dass ich es nicht gut aufnehmen würde, wenn sie meinen, ich lasse diese dezent manipulative Geste durchgehen." Nun zog Mirell einen Mundwinkel provokativ hoch und nahm sich einen Kugelschreiber aus ihrem Stifthalter, um diesen rhythmisch gegen die Tischkante zu trommeln. Es hing ohnehin bereits Spannung in der Luft, denn dieser Mann versprühte pures Testosteron und betörendes Parfüm in alle Winkel. Und Ablenkung konnte sie ausgerechnet jetzt nicht gebrauchen.

„Nein, auf keinen Fall! So war das nicht gemeint!", protestierte Herr Schonauer und legte reumütig seine Hand aufs Herz. „Aber vielleicht bestünde die Möglichkeit, dass ich mir den Ordner leihe und Ordnung hineinbringe oder Sie vielleicht diesen Fehler nicht schriftlich im Bericht festhalten? Dafür verpflichte ich mich dazu, das Chaos zeitnahe in den Griff zu bekommen. Sie können meine Zuverlässigkeit und somit mein Wort dann höchstpersönlich kontrollieren, aber mir wäre mit dieser großzügigen Verschnaufpause sehr geholfen."

Sie sahen sich ein paar Sekunden lang schweigsam an und keiner rührte sich auch nur einen Millimeter.

„Hmmm. Das glaube ich Ihnen gerne, Herr Schonauer. Und Ihre Mühe ist löblich. Aber leider ist es nicht möglich, dass ich Ihnen im Laufe der behördlichen Überprüfung und der Recherchen die notwendigen Unterlagen temporär zurückgebe. Da würde ich mir selbst Probleme einhandeln, weil dies unser Prüfprozess nicht vorsieht." Sie zwinkerte ihm zu, da er wissen sollte, dass sein Charme sie zwar zugänglicher gemacht hatte, sie allerdings dennoch ihren Prinzipien treu blieb.

„Frau Dr. Glaser. Haben Sie doch ein Herz …"

„Ich muss Sie unterbrechen, für ‚Herz' werde ich hier nicht bezahlt, sondern für eine objektive Meinung darüber, wo Mängel entstanden sind und es Verbesserungspotenzial gibt.

Alles, was ich Ihnen anbieten kann, ist, dass ich beim Schreiben noch in mich gehen werde. Ich könnte überlegen, ob und falls ja, wie ich den Tatbestand relativ glimpflich formuliere, sodass er nicht tragend ins Gewicht fällt. Was meinen Sie? Können Sie damit leben?"

Die Veränderung in seinem Ausdruck schien eine kurze Verwunderung zu beinhalten. Offenbar war er es nicht gewohnt, dass er scheiterte. Und Mirell glaubte das sogar, denn dieser groß gewachsene und trainiert wirkende Mann wusste genau, was er wollte und wie er es bekam. Das war für Mirell klar wie Kloßbrühe. Herr Schonauer war geschickt in der Gesprächsführung, setzte gezielt seine Gestik und Mimik ein. Sie würde sogar darauf wetten, dass er sich der neurolinguistischen Programmierung bediente, um mit dem richtigen Wortschatz Sympathie zu erzeugen. Für sie persönlich kamen aber noch erschwerende Punkte hinzu: dieses verwegene, etwas zu lang geratene schwarze Haar, das geradezu dazu einlud, es zu bändigen, sowie dieses verschmitzte Lächeln, welches zweifelsohne berechnend war. Selbst wenn es zog. Zumindest etwas.

Doch nach ihrem Schlussplädoyer stand er langsam auf, schritt am Schreibtisch vorbei und blieb dicht vor ihr stehen. Seine Aura überschnitt sich eindeutig mit ihrer, sodass Mirell sich überrumpelt und überfordert zugleich fühlte. Ihre Finger gruben sich in ihre Armstützen und sie presste sich gegen die Lehne. Er hatte eindeutig ihren privaten Wohlfühlbereich eingenommen und diese Pupillen blickten ihr tief in die Seele. Er strahlte Wärme aus und Freundlichkeit, obwohl diese

Annäherung sie bei einer anderen Person mitunter als bedrohlich eingeschätzt hätte. Doch bei ihm fühlte sie sich eher schlecht vorbereitet und unbeholfen. Etwas, das überhaupt nicht zu ihr passte.

„Dann verlasse ich mich einfach auf Ihre Expertise, die richtigen Worte zu finden oder auch nicht zu finden." Galant reichte er ihr zum Abschied die Hand und lehnte sich erneut für diesen altmodisch angedeuteten Kuss hinab. Sein warmer Atem streichelte über ihre Haut und streute dadurch Nervosität in Mirell. Es war befremdlich und überraschend zugleich. Und. Es. Wirkte! Das leicht prickelnde Gefühl an ihren Fingern hielt an, obwohl Herr Schonauer bereits ihre Hand freigegeben und nur mit einem dezenten Blick zurück ihr Büro wieder verlassen hatte.

4 | Mirell

„*A*nd er war wirklich so dreist, einfach ins Büro zu stürmen und dich zu bitten, den Bericht zu seinen Gunsten anzupassen?" Chloe konnte vor Verwunderung kaum den Mund schließen und lief Furchen in Mirells kleinem Büro. Mit verschränkten Armen brachte sie ihren Standpunkt zur Geltung. „Nicht zu fassen. Was nimmt er sich nur heraus?", erläuterte sie emotional weiter, als würde sie es selbst betreffen. So war Chloe nun einmal. Ihre Arbeitskollegin und sie trafen sich stets zum Plaudern, wenn die Arbeit es zuließ, und verbreiteten somit den Klatsch und Tratsch des Hauses. Wobei jede der beiden immer betonte: „Bitte, das muss unbedingt unter uns bleiben!" Doch Mirell wusste es besser und filterte heraus, welche Dinge sie ihr anvertrauen konnte und unverfänglich waren und welche nicht. Denn unterm Strich gesehen war Chloe hier ihre beste Freundin, und bevor sie wegen Neuigkeiten aus allen Nähten platzte, war sie froh, Chloe mit einweihen zu können. Es war immer gut, andere Meinungen oder Sichtweisen bei Entscheidungen mit einfließen zu lassen, und daher schätzte sie die Gespräche mit ihr besonders.

„Ich vermute, dass er es gewohnt ist, mit seiner direkten und wohlgemerkt sehr charmanten Art seinen Willen durchzusetzen", begann Mirell beiläufig und blätterte den besagten Ordner aus dem Jahr 2015 durch. Das Papier flatterte hin und her, obwohl sie sich nicht wirklich auf den Inhalt konzentrieren konnte. Ihr wurde gerade bewusst, dass noch immer sein

Parfüm in der Luft hing und sich nicht verziehen wollte, genauso wie die Erinnerungen an ihn.

Plötzlich hielt Chloe inne und lehnte sich mit beiden Armen auf Mirells Schreibtisch. Sehr kalkulierend blickte sie über ihre schwarze Designerbrille und runzelte dabei die Stirn. Etliche hellbraune Haarsträhnen waren wild aus ihrem schlampig gemachten Dutt gezogen und dennoch sah es gewollt aus.

„Ich höre wohl nicht recht. Hat er dich denn schlussendlich weichgeklopft?" Nun starrte Chloe sie auf eine Art und Weise an, die Mirell schmunzeln ließ.

„Ich fasse es nicht. Hat er es etwa geschafft, die allzu korrekte Mirell dazu zu bewegen, einzulenken? Er hat dich nervös gemacht! Das glaub' ich ja nicht!", stichelte sie halbernst, grinste über beide Ohren und Mirell fühlte einen leichten Druck in ihren Kopf steigen.

„Übertreib mal nicht. Ja, er sah nicht unattraktiv aus, und wenn es hier nicht um berufliche Dinge ginge, würde ich wohl empfänglich für ihn sein. Aber mal ehrlich, er ist sicher um die acht Jahre jünger als ich. Ich würde mich ja lächerlich machen, wenn ich auch nur darüber nachdenke", erklärte sie beiläufig und konzentrierte sich wieder auf die vorliegenden Akten.

„Kann es sein, dass dich dieses Thema etwas verlegen macht, oder hast du nur zu viel Rouge aufgetragen? Dabei solltest du froh sein, dass er so zugänglich war, denn bei Besprechungen hast du immer einen Stock im Hintern und redest so geschwollen, als würdest du aus dem Duden vorlesen." Chloe konnte es nicht lassen, sie aufzuziehen, und Mirell rollte nur mit den Augen. „Ich trage doch nie Rouge, meine Liebe! Und zum Stock im Allerwertesten werde ich mich jetzt nicht äußern!"

„Also, erwischt! Gib es zu! Sonst bin immer ich diejenige, die Bockmist verzapft, aber wenn ich mir das so anhöre, kommst diesmal du in die Versuchung, die Dinge etwas zu beschönigen."

Mirell riss die Augen auf und sah ihre Kollegin empört an. „Nun mal langsam! Wenn du so darauf rumreitest, werde ich nicht mehr aus dem Nähkästchen plaudern. Nur, weil er auf die eine oder andere Art interessant ist, lasse ich nicht alles liegen und stehen. Mir ist mein Job wichtig und das weißt du."

„Aber NACH Beendigung des Berichtes ist doch NACH dem Job. Oder etwa nicht?" Vorsichtig schloss Chloe den Ordner vor Mirells Nase, um ihre vollste Aufmerksamkeit zu erhalten. „Habe ich recht oder habe ich recht?", neckte sie fröhlich weiter und strahlte sie dabei an.

Mirell musste dennoch nicht lange darüber nachdenken: „NACH dem Job ist ausnahmslos immer VOR dem Job. Ich kann nie wissen, wann ich wieder in dieser Magistratsabteilung prüfe und auf ihn stoßen könnte. Noch dazu glaube ich, er hat sich nur wegen seines Rufs so ins Zeug geschmissen. Er hätte mich in einer Bar niemals angesprochen geschweige denn ins Visier genommen. Vor allem, wovon reden wir da? Es war nur ein Zehn-Minuten-Termin. Nichts weiter. Lass deine Fantasien und Schlussfolgerungen bei deinen Netflixabenden, wo du eher den Ablauf parallel argumentierst, als überhaupt mitzube-kommen, was tatsächlich passiert." Mit einem kecken Zwinkern lockte sie nun eine ausgestreckte Zunge bei Chloe hervor.

Das hat gesessen, freute sich Mirell.

„Na, wenn du das sagst", kam es in leicht beleidigtem Ton. „Da wäre mal etwas Action in deinem Leben und du lässt das kleine Abenteuer nicht zu. Was hast du denn zu verlieren?"

Meinen Job vielleicht?!, schoss ihr Verstand heraus.

„Ich habe genug Action in meinem Leben, aber danke für deine Besorgnis. So, und nun ab mit dir. Ich muss mir diese Rechnungen nun näher ansehen und darüber brüten, wie ich das jetzt tatsächlich formuliere." Mirell setzte einen beschäftigten Ausdruck auf, als letzten Wink, dass sie es ernst meinte und Schluss mit der Plauderstunde war.

Und es überzeugte. Chloe schritt in ihren überhohen High Heels und stolzer Statur aus ihrem Büro, nicht jedoch ohne ein beiläufiges „Überleg es dir. Ein bisschen Flirten ist noch kein Verbrechen und es muss ja nichts Ernstes daraus werden, solange es Spaß macht" dazulassen.

Mirell musste nicht aufblicken, um zu wissen, dass Chloe einen lasziven Blick aufgesetzt hatte, bevor sie leise die Tür hinter sich schloss. Das war auch der Moment, als Mirell sich gegen die Lehne sacken ließ und tief ausatmete. Sie blickte zur Decke und lauschte den Umgebungsgeräuschen, als würde dort eine Antwort zu finden sein. Die Akten waren nämlich tatsächlich sehr ungünstig sortiert und zudem unvollständig. Grundsätzlich waren solche Konstellationen ein gefundenes Fressen für jede ehrgeizige Prüfernase. Man konnte das Thema wirklich ausreizen und sogar aufbauschen von wegen Verschleierung von Statistiken und Buchhaltungszahlen … Doch war es notwendig, wenn ein Mitarbeiter sich klar als schuldig deklarierte, seinen Fehler gestand und Besserung gelobte? War Herr Schonauer jedoch auch vertrauenswürdig? Würde er dichthalten, wenn sie ihn deckte? Und was, wenn in zwei Jahren eine Nachprüfung erfolgen würde und man Mirells Vertuschung entlarven würde? Es konnten immer Missgeschicke passieren, aber wollte sie diese bewusst auf ihre Kappe nehmen? Fragen über Fragen. Doch sie musste sich entscheiden ...

5 | Fabian

orsten stand gespannt im Türrahmen seines Büros. „Und?", fragte er, während sein linkes Knie nervös wippte.

„Und was?", kam es von Fabian zurück, der sich unwissend stellte, da er es genoss, dass sein Kollege fast platzte vor Neugier.

Torsten schloss die Tür hinter sich und eilte direkt zu Fabians Schreibtisch, wo er ihm auf den Zahn fühlte: „Stell dich nicht dümmer, als du bist. Warst du wirklich am Rechnungshof und hast einen persönlichen Termin mit der Prüferin gehabt?" Er riss gespannt die Augen auf, sodass sie ihm fast aus den Sockeln kullerten.

Fabian strich sich beiläufig durchs Haar und setzte einen desinteressierten Gesichtsausdruck auf, während er auf seinem Handy die Nachrichten checkte. Er ließ die Zeit verstreichen, indes Torsten sein Gewicht aufs andere Bein verlagerte.

„Du hättest mich wenigstens vorwarnen können, was die Optik der besagten Prüferin betrifft. Ich hatte ein anderes – etwas spießigeres – Bild vor Augen gehabt und mich mächtig blamiert, als ich sie für eine bloße Assistentin gehalten hatte."

Torsten musste breit grinsen. „Ahhhh! Daher weht der Wind. Du hast dich überschätzt." Zufrieden schlenderte sein Kollege nun auf die andere Seite des Büroraumes, um es sich in seinem Sessel vor dem Bildschirm gemütlich zu machen.

„Wie kommst du denn darauf?" Fabian war etwas verärgert, denn er überschätzte sich nie. Er ließ das Handy Handy sein und lugte ans andere Ende zu Torsten.

„Na ja. Wenn ich dir gleich gesagt hätte, dass sie ein heißer Feger ist, aber die strenge Professorin markiert, wärst du besser vorbereitet gewesen. Lass mich raten, sie hat es nicht interessiert, dass du die Akten nachträglich vervollständigen willst." Ein gehässiges Grinsen formte sich auf Torstens Lippen. Es fiel ihm sichtlich schwer, den enorm geschäftigen Bürohengst zu mimen und er genoss einen Sieg, den er nicht errungen hatte. Fabian wollte keinesfalls ein „Habe ich es dir nicht gesagt?" oder ein „Ich hatte dich vorgewarnt!" abwarten.

„Zu deiner Information, die rothaarige Schönheit war von meinem Auftreten so perplex, dass sie sogar Annäherungsversuche von mir nicht abgewehrt hat. Sie hat natürlich kläglich versucht, auf ihre Professionalität zu pochen, doch diese bröckelte mehr und mehr ab, je mehr Zeit ich in ihrer Nähe verbracht hatte. Ich bin mir ziemlich sicher, dass ich das Problem für uns beide gelöst habe."

„Du Angeber! Das glaub' ich dir nie im Leben! Und von wegen? Was heißt hier ‚uns beide'?" Seine Stimme wurde geradezu schrill. „Ich habe mit deinen Fehlern nichts am Hut!", röhrte Torsten herüber und ließ nun von seinem Bildschirm ab, um ihn missmutig anzustarren.

„Du bist ja bloß neidisch, mein Lieber", schmunzelte Fabian zurück, nur um dann demonstrativ zufrieden seinen Computer hinunterzufahren und Torsten zum Abschied zuzuwinken.

Dieser brachte nur ein gereiztes Grunzen heraus und hielt dann seine Nase wieder in Richtung PC.

Und schon war das lästige Problem des Tages aus der Welt geschafft und Fabian konnte sich auf die nächsten Stunden freuen, selbst wenn er noch einiges besorgen musste. Doch es stand nichts mehr im Wege, um den gelungenen Abend mit einer Pokerpartie unter Freunden ausklingen zu lassen.

❧❦

Ich kann dich nicht vergessen! Aber du meldest dich einfach nicht, dabei war ich mir so sicher, dass wir mehr als nur eine Bettgeschichte zusammen hätten!

Fabian stieß genervt Luft aus den Lungen, als er die Nachricht auf seinem Handy ablas.

„Schon wieder eine deiner Eroberungen, Fabian? Du bist und bleibst ein Weiberheld!", erklärte Ben belustigt und erhöhte seinen Einsatz am Pokertisch, indem er einen 100er-Chip nachschob. Mike hingegen zog lange an seiner Zigarette und studierte die Karten. Selbst wenn er versuchte, ein Pokerface aufzusetzen, erkannte jeder am Tisch, dass er mit dem, was er sah, überhaupt nicht zufrieden war. Und dennoch wollte er sein Blatt nicht fallen lassen.

Er wird es wohl nie lernen ..., sinnierte Fabian und begann eine neue Nachricht auf WhatsApp zu tippen:

Hey Sonja, du Schwärmerin! Ich kann nicht einmal ein paar Tage k.o. mit Grippe im Bett liegen ohne dass du dir Sorgen um uns machst. Das ist wirklich lieb von dir, aber ich kann mich im Moment nur an Hühnerbrühe sattsehen. Sorry.

„Lass mich raten, du hältst dir schon wieder mehrere gleichzeitig warm, Alter!", ließ Pascal wissen, der soeben sein Blatt wegwarf und aus seinem Ärger keinen Hehl machte. Er lehnte sich wuchtig zurück, sodass er fast samt Sessel umkippte, und verschränkte lässig die Arme vor sich. Immerhin hatte es noch vor einer halben Stunde so ausgesehen, als würde Pascal allen am Tisch die Ohren lang ziehen. Aber so war es mit dem Glück nun einmal. Wie ein Vögelchen flog es von Baum zu Baum und verweilte nur dort länger, wo es am interessantesten war. Und dieser Platz schien im Moment Fabians Schulter zu sein.

„Ein Gentleman genießt und schweigt, Jungs. Das wisst ihr doch!" Zufrieden und mit breitem Lächeln erkannte er nun die fünfte Karte, die Mike soeben auf den Tisch legte und wusste, auch diese Runde würde er gewinnen.

„Genau! Das wäre ja ganz was Neues! Du und diskret. Diese beiden Worte passen nicht in einen Satz", zog ihn Ben auf, der nun listig Fabians Gesichtszüge beäugte. Offenbar kalkulierte er, ob er seine Karten aufgeben oder ein letztes Mal das Risiko eingehen und weitere Chips setzen sollte. Wogegen Mike bereits die Karten wütend von sich schleuderte, ohne auch nur abzuwarten, ob die Runde mit einem ‚Check' eingeleitet werden würde. Immerhin wäre es noch eine Chance gewesen, wenn niemand Geld setzte, in der letzten Runde bestehen zu bleiben und alle Karten offen liegen zu sehen. Aber Mike war stets übereifrig und emotional gewesen. Genervt wuselte er sich durchs blondierte Haar und ließ an seinem Schädel ein Chaos zurück.

„Na ja. Wenn ihr es schon wissen wollt: Eure Favoritin Sonja ist noch immer im Rennen, wobei ich mich langsam mit ihr langweile. Sie hängt an mir wie eine Klette ...", begann Fabian über seine Eroberung zu prahlen.

„Und was ist mit Denise? Die mit der übergroßen Oberweite? Ist die übrigens echt?", polterte es aus Pascal heraus und er schob seine Hand in die gefüllte Schüssel mit Chips direkt neben sich. Das Rascheln zog durch den Raum und es hing noch immer der warme Cheddarkäse-Geruch von den frisch zubereiteten Nachos im Raum.

Fabian genoss diese einmal wöchentlich stattfindenden Runden mit seinen Freunden. Jedes Mal war der Pokerabend bei einem anderen der Jungs angesetzt, sodass sich jeder abwechselnd um gekühlten Alkohol und Knabberzeug kümmerte. Und heute war es Fabians Domizil, das als feucht-fröhliches Gewinnportal zweckentfremdet wurde. Die Schatten-seite der Medaille war jedoch, dass seine Kumpels immer ein heilloses Durcheinander in seiner Wohnung hinterließen, das anschließend stets über eine Stunde lang von Fabian beseitigt werden musste.

Aber was tut man nicht alles für seine Freunde?

„Tja, Denise schickt mir regelmäßig – sagen wir mal – sehr eindeutige Fotos, die belegen, dass sie echt sind." Fabian konnte nicht anders, als zufrieden in sich hinein zu grinsen, als Ben von links rasch nach seinem Handy fassen wollte, um unerlaubt an die heiklen Schnappschüsse zu gelangen.

„Finger weg! Hast du keine Schmuddelheftchen parat, an denen du dich sattsehen kannst?", witzelte Fabian und schob sich sein Handy sicherheitshalber außer Reichweite seiner neugierigen Kumpels in die hintere Hosentasche.

Mike übergab gerade den gemischten neuen Kartenstapel an Pascal und sah Fabian dann etwas nachdenklich an. Und Fabian schwante Böses, denn jedes Mal, wenn sein Freund diesen Ausdruck bekam, wurde er melancholisch oder sentimental. Es lag wohl daran, dass Mike vor sieben Monaten von seiner großen Liebe verlassen worden und noch immer nicht über sie hinweggekommen war.

„Sag mal, Fabian. Ich stelle dir eine ganz simple Frage."

Ben konnte sich gerade noch ein Losprusten verkneifen und schenkte Fabian einen belustigten Seitenblick. „Pass auf, jetzt kommt es", flüsterte er.

Doch Mike ließ sich nicht beirren: „Also?"

Fabian machte sich keinen Kopf. So schlimm konnte die Frage nicht sein und sie waren immerhin unter sich. Daher nickte er.

„Bist du glücklich? Ich meine, mir ist schon klar, du liebst deinen Job, verbringst viel Zeit damit, dein Äußeres in Topform zu halten, verpulverst Geld für deine neue Wohnung und wechselst regelmäßig deine Frauengeschichten. ABER! Bist du wahrhaftig glücklich mit deinem Leben und wie es so läuft?"

Fabian hielt beim Sortieren seiner neuen Karten inne, während Pascal das rhythmische Zusammenrutschen seiner gestapelten Chips stoppte. Alle am Tisch starrten neugierig zu Fabian, der spürte, wie sich sein Magen verkrampfte. Denn diese Frage hörte er nicht zum ersten Mal. Sonst kam sie allerdings von seinem älteren Bruder oder seiner Mutter. Sein Vater hingegen war viel zu beschäftigt, um sich Gedanken um ihn zu machen. Aber es war das erste Mal, dass Mike ihn so eiskalt erwischte.

„Sehe ich für dich etwa nicht glücklich und zufrieden aus? Ich hab doch alles, was man zum Glücklichsein braucht. Habe ich nicht recht?" Beinahe Hilfe suchend lugte Fabian in die Runde, doch keiner konnte seinem Blick standhalten. Ben massierte sich plötzlich sein steifes Genick und guckte zur Decke, während Pascal so tat, als würde er eine verlorene Karte vom Boden aufsammeln. Es schien geradezu, als würde ein Blick in ihre Gesichter verraten, dass sie anderer Meinung als Fabian wären. Und das ärgerte ihn. Mikes Gesicht hingegen blieb starr und emotionslos. Er hatte als Einziger den Mumm, ihn weiter zu fixieren.

„Weißt du, tief in dir drinnen steckt ein warmherziger Kerl, der nur enttäuscht wurde und der seinen Seelenpartner sucht …"

„UHHHHHH! Mike, lass es bitte sein …" Ben sah nun etwas nervös zwischen Fabian und Mike hin und her, da er wie alle am Tisch einen brenzligen Geruch wahrnahm.

„Was denn? Ist doch wahr! Seit der Sache mit Saskia kriegt er seine Beine nicht mehr unter den Tisch. Er verarscht alle Frauen und behauptet, es mache ihn glücklich. Das ist jedoch Bullshit! Du willst bloß nicht zugeben, dass du genauso ein Weichei wie wir alle bist, das still und heimlich auf etwas Festes hofft. Aber so, wie du mit Frauen umgehst, würde das an ein Wunder grenzen!"

Fabian sprang auf und stützte seine Hände auf den Tisch. Er wusste nicht, ob bereits zu viel Wodka-Orange aus ihm sprach, doch seine Arme zitterten vor Wut und er hatte unendlich Lust, Mike eins reinzuwürgen. Er hatte auf einen angenehmen Abend gehofft, der ihn von allen negativen Einflüssen wie Arbeit oder Vergangenheit ablenkte, doch mit dieser blöden Fragerei hatte Mike alles zunichtegemacht.

„Raus! Genug gepokert für heute, bevor ich mich vergesse, Mike!"

Ben und Pascal hielten sich fest gegen ihre Lehne gedrückt und pressten ihre Lippen zu einer Linie aufeinander, bis Mike Anstalten machte, aufzustehen, um Fabians wütender Einladung Folge zu leisten.

„Warte, Mike! Fabian meint es sicher nicht so, oder? Fabian, hey Alter! Reiß dich zusammen, es war bestimmt nur Spaß." Ben klopfte Fabian sanft auf den Oberarm und dies schien tatsächlich Wirkung zu zeigen. Fabian blickte in die Runde, setzte sich verkniffen wieder hin und deutete Mike an, es ihm gleichzutun. Nach kurzer Überlegungsfrist folgte dieser der stillen Aufforderung und das Spiel ging weiter. Wenn auch in gedämpfter Stimmung.

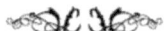

Während Fabian das übrig gebliebene Knabberzeug entsorgte, die leeren Bierflaschen für die Glassammlung sortierte und die fettigen Kleckser vom Boden aufwischte, ratterten Mikes Worte unerlaubterweise durch seine Erinnerung. Und er konnte es sich nicht erklären, aber als er sich in seiner Wohnung so umsah, das gedimmte Licht nur Silhouetten seiner halb offenen Wohnküche auf die Wände zauberte, war es ihm plötzlich viel zu leer und viel zu still. Es erdrückte ihn geradezu. Es war, als würden sich die eisigen Klauen der Einsamkeit nach ihm ausstrecken und ihn unweigerlich an seine erste Liebe denken lassen. Doch die Flucht in diese Gedanken wollte er sich selbst nicht gestatten. Denn es führte zu nichts. Es war fünf Jahre her und Saskia würde nicht zu ihm zurückkommen. Immerhin war sie glücklich. Weit glücklicher als mit ihm.

Als Fabian nun ein Maunzen, begleitet mit einem Streifen an seinem Hosenbein, vernahm, blickte er traurig hinab.

„Du hast mir gerade noch gefehlt, du manipulatives Mistvieh."

Wie ferngesteuert schlurfte Fabian in den angrenzenden Abstellraum und holte eine Schale Sheba für sein lästiges Luxusproblem: Romeo. Seinem ihm von seiner Ex überlassenen, orangefarbenen Maine-Coon-Kater, der Fabian täglich daran denken ließ, dass er das monströse Wollknäuel nur auf Saskias Wunsch hin gekauft hatte. Das Tier hatte sie beide dabei unterstützen sollen, ein hartnäckiges Beziehungstief zu übertauchen und wieder mehr Nähe in ihre Partnerschaft zu bringen. Doch als dies nicht fruchten wollte, hatte sie ihren neuen Mitbewohner bereits vergessen und den Kater getrost in Fabians Obhut belassen. Ob es ihm nun genehm war oder nicht. Und somit würde ihn dieses lebende Stück Fell jeden Tag daran erinnern, was er nicht mehr hatte. Den wärmenden Menschen an seiner Seite, mit dem er eigentlich hatte alt werden wollen.

6 | Verletztes Ego

*M*irell wusste längst, dass dieser Termin nicht unbedingt angenehm ausfallen könnte. Nach reiflicher Überlegung hatte sie den Text des Berichtes so konzipiert, dass sie mit ihrem Gewissen im Reinen war.

Seit sie Herrn Schonauer zuletzt gesehen hatte, waren circa zwei Wochen vergangen und er ließ sich bei der Begrüßung bei dem Abschlussgespräch nicht anmerken, dass sie sich bereits kannten. Er war freundlich und sogar zuvorkommend, als er ihr aus ihrem schweren Wintermantel half. Und das, obwohl sie es seiner Generation gar nicht zugetraut hätte. Er war wirklich anders. In jeder Hinsicht.

Der Termin fand in einem zur Verfügung gestellten Besprechungsraum der Magistratsabteilung 23 statt, welcher relativ klein geschnitten war. Die kirschfarbenen Möbel dominierten und der smaragdgrüne Teppich ließ alles sehr altmodisch wirken. Wenn nicht ein paar Pflanzen liebevoll auf den Regalen platziert worden wären, hätte alles erdrückend und trostlos gewirkt. Also nicht gerade ein Ambiente, das positive Schwingungen verströmte. Womöglich hätte auch häufigeres Lüften den abgestandenen Geruch etwas vertrieben.

Aber was soll's? Für eine Besprechung muss es reichen.

Als Mirell das Gespräch eröffnete, um den Berichtsentwurf mit allen Beteiligten durchzugehen, die ihr die letzten Wochen über die nötigen Unterlagen zur Verfügung gestellt hatten, blieb ihr Mund immer wieder trocken, da sie das Gefühl hatte, Herr Schonauer starrte sie unentwegt an. Daher nippte sie häufiger am Wasserglas und drohte geradezu darin zu ertrinken.

Insgesamt saßen ihr nun vier Mitarbeiter der Abteilung gegenüber, die wie geläuterte Schüler auf der Strafbank aufgefädelt warteten, um zu erfahren, was sie ausgefressen hatten. Dabei musste Mirell offen zugeben, dass die Schlusserkenntnisse der Prüfung nicht so schlecht ausgefallen waren und es für keinen der Anwesenden in irgendeiner Weise besorgniserregend enden würde. Selbst der Abteilungsleiter, der heute nicht teilnehmen konnte und den Bericht offiziell erst nach Freigabe des Vorgesetzten vom Rechnungshof in Papierform erhalten würde, sollte hier nichts zum Meckern finden.

„Ich danke Ihnen allen für den gemeinsamen Termin, der ausschließlich darauf abzielt, zu prüfen, ob ich jene Informationen, die ich von Ihnen erhalten habe, wahrheitsgetreu übernommen habe. Sie haben also in diesem Rahmen die Möglichkeit, Missverständnisse oder Fehler zu beheben oder Umformulierungen zu erfragen, sollte dies nötig sein. Ich würde vorschlagen, nachdem die ersten zehn Seiten der Hinführung zum Thema dienen und den rechtlichen Background beschreiben, dass wir bei den Statistiken auf Seite elf beginnen."

Ein folgsames Blättern ging rund um den ovalen Tisch und alle Köpfe kippten synchron hinunter zum Papier. Außer jener von Herrn Schonauer, der sie noch immer mit einem freundlichen Lächeln bezirzte, was sie regelrecht nervös machte.

Mirell ging Seite für Seite, Tabelle für Tabelle durch. So, wie sie es immer tat. Hier und da wurden Fragen von den Mitarbeitern gestellt und sie hatte sie wahrheitsgetreu beantwortet. Nach fünfzehn Minuten wurde die Atmosphäre gelöster, als die Beteiligten erkannten, dass Mirell sehr wohl Änderungen zu ihren Gunsten durchführte. Oder sogar Fehler zugestand, wenn sie Informationen aus den übermittelten Unterlagen fehlinterpretiert hatte. Nach geschlagenen dreißig Minuten kam es auch zu Gelächter und lockerer Stimmung, was sie als sehr positiven Nebeneffekt empfand. Denn keiner musste vor einer Prüfung Angst haben. Es ging nicht darum, Leute bloßzustellen, ihnen eins auszuwischen oder ihren Ruf zu schädigen, sondern lediglich darum, einen unparteiischen Blick auf einen Prozess zu werfen. Einen Prozess, im Zuge dessen Mitarbeiter womöglich ihrer persönlichen Nähe zum Thema einen Tunnelblick entwickelt oder das Gesamtbild aus den Augen verloren hatten.

Als die ersten Empfehlungen zur Weiterentwicklung des Ablaufes zur Meldung von Schadensfällen auf der Bildfläche erschienen, waren die Mitarbeiter sogar erleichtert oder gar dankbar für die konstruktiven Vorschläge, die Mirell ihnen dargeboten hatte.

Bis auf Herrn Schonauer, der schräg gegenüber von ihr saß.

Mirell war nicht entgangen, dass er bereits die Seiten des Berichts weitergeblättert hatte, da ihn nur ein klitzekleines Detail tatsächlich interessierte. Nämlich, ob die vorange-kündigten, fehlenden Schadensmeldungen Erwähnung fanden oder nicht. Und sie konnte erkennen, dass die angehobenen

Mundwinkel sich für ein paar Sekunden senkten, seine Augen weit heraustraten, bis er sich wieder gefangen hatte und sich nun schwertat, noch einen zufriedenen Ausdruck zu bewerkstelligen. Doch Mirell konzentrierte sich weiter auf ihre Moderation.

„Dem Rechnungshof fiel auf, dass die Anzahl der Schadensfälle mit den tatsächlich abgerechneten Belegen nicht übereinstimmte. Dies erweckte daher den Eindruck, dass hier mangelnde Sorgfalt an den Tag gelegt wurde. Positiv war jedoch hervorzuheben, dass dieser Tatbestand noch im Zeitraum der behördlichen Überprüfung von der betrachteten Dienststelle einwandfrei behoben werden konnte", hörte sie hinter sich.

Mirell war nach getaner Arbeit dabei, die Unterlagen in ihre Aktentasche zu verstauen, als sie Herrn Schonauer etwas zu nahe bei sich ertappte. Rasch wandte sie ihren Blick um sich. Die anderen Kollegen hatten sich nach der Verabschiedung aus dem Besprechungsraum verzogen und sie beide waren augenscheinlich allein.

„Mein Respekt, Herr Schonauer. Sie sind gut im Auswendiglernen von Passagen. Haben Sie ein paar Jahre Jura genossen?", versuchte Mirell vom Thema abzulenken, was sie eigentlich gar nicht tun müsste. Sie hatte nichts falsch gemacht. Doch als sie in seine blauen Augen blickte, lag dort Enttäuschung und auch ein Quantum Wut verborgen.

„Mangelnde Sorgfalt? War das nötig? Ich weiß nicht, wie ich das meinem Vorgesetzten weismachen soll", flüsterte er in tiefem Ton. Mirell war jedoch erleichtert, dass darin keine Drohung zu vernehmen war.

„Herr Schonauer ...", begann sie vorsichtig.

„Fabian. Bitte. Immerhin ist, wenn ich das richtig verstanden habe, unsere Zusammenarbeit ja hiermit beendet und ich fühle mich unwohl mit dieser förmlichen Art." Ein Mundwinkel zog sich frech in die Höhe und er hielt ihr auffordernd die Hand entgegen. Mirell war hin- und hergerissen wegen dieser allzu raschen Wandlung.

Ist er nun sauer oder steht er darüber und konnte es nur zu Beginn nicht gut kaschieren?

Zuerst zögerte sie und wollte ihm das Du-Wort gestatten, doch ihr Instinkt schob ihr ein großes, rotes Stoppschild unter die Nase.

„Wissen Sie, Herr Schonauer. Ich fühle mich wirklich geschmeichelt, jedoch ist der Endbericht nicht draußen und es könnte passieren, dass ich ad hoc noch Unterstützung von Ihnen benötige. Bitte nicht böse sein, wenn ich verneine."

Bitte nicht böse sein? Mirell klatschte sich mental ins Gesicht aufgrund dieser unreifen Meldung, doch dieser Fabian machte sie nervös. Er stand einfach viel zu nahe bei ihr und seine Körperwärme und sein Geruch nebelten sie regelrecht ein.

„Okay", gab er etwas enttäuscht zurück, er dürfte aber nicht zu der Sorte Männer gehören, die sich mit einer Abfuhr so schnell abfanden. „Gut, aber dann schulden Sie mir zumindest ein förmliches Treffen im Café, denn zwischendurch muss jeder einmal etwas trinken. Auch Sie, Frau Dr." Wie er die letzten Titel-Silben kokett betonte, war ihr natürlich aufgefallen. Mirell wollte ihn nicht wieder ruppig vor den Kopf stoßen und nutzte eine Notlüge: „Das wäre wirklich nett, doch leider steht bei mir schon der nächste Termin an. Vielleicht ein anderes Mal?" Mirell strich sich ihr langes Haar über die Schultern und klimperte mit den Wimpern, in der Hoffnung, er glaube ihr. Sein breiteres Strahlen schien dies zumindest anzudeuten und sie war beruhigt. Doch als sie sich nun von ihm abwenden wollte, um den Besprechungsraum der Magistratsabteilung 23 zu verlassen, stellte er sich ihr in den Weg.

„Nur noch eine Frage: Warum haben Sie es dennoch erwähnt?"

Mirell seufzte, da er offenbar nicht lockerlassen würde, bevor er es verstand. Daher sah sie ihn wieder direkt an, was nicht unbedingt leicht war, da er einen halben Kopf größer war als sie selbst – und dies trotz ihrer hohen Hacken. Er löste bei ihr dadurch weiche Knie aus, so unangebracht es auch war.

„Sehen Sie, ich habe Ihnen bereits einen Vertrauensvorschuss eingeräumt, obwohl ich Ihre Zuverlässigkeit noch nicht messen konnte. Immerhin habe ich verschriftlicht, dass Sie die Akten vervollständigt haben. Was bis jetzt nicht stimmt! Wie würde ich dastehen, wenn Sie zum Zeitpunkt der Schlussbesprechung, an der Ihr Abteilungsleiter teilnimmt, keinen Finger gerührt haben? Zudem hätte ich meinen Verdacht einfließen lassen können, dass die Absicht bestand, die Statistiken zugunsten der Abteilung zu manipulieren. Konnten Sie etwas in dieser Art herauslesen? Nein? Dann sollten Sie womöglich dankbar sein und nicht mehr fordern, was Ihnen nicht zusteht." Mirell blinzelte ihn nun resolut an und bekam auch wieder ihre Gummiknie in den Griff. Indes schien ihr Gegenüber nachdenklich und sprachlos zu sein. Irgendwie gefiel ihr dieser Anblick, doch sie nutzte die Gelegenheit, sich nun an ihm vorbei zur Tür aufzumachen.

„Ich wünsche Ihnen noch einen angenehmen Tag, Herr Schonauer."

„Hey, Bruderherz, was gibt es denn so Dringendes, dass du mich sogar im Dienst anrufst?" Fabian befand sich im Laufschritt in Richtung Büro seines Chefs, der ihn auf ein Gespräch zu sich zitiert hatte. Und Fabian war nervös, da er nicht wusste, ob bereits etwas von den fehlerhaften Schadensakten zu ihm durchgesickert war. Er hatte zwar seine Kollegen nicht im Verdacht, etwas ausgeplaudert zu haben, dafür sah das Thema für sie nicht auffällig genug aus. Aber der Teufel schlief bekanntlich nie.

„Nichts Dringendes, doch du machst dich rar. Ich erreiche dich oft abends nicht und am Wochenende, wenn wir dich spontan zum Essen einladen, schlägst du es ebenso aus. Welche Wahl hatte ich? Immerhin würde die kleine Esme liebend gerne mehr Zeit mit ihrem durchtriebenen Onkel verbringen. Vielleicht redet sie dir mal ins Gewissen", scherzte Lars. „Du hast mir keine andere Wahl gelassen, als dich dort anzurufen, wo du nicht weglaufen kannst: auf der Arbeit."

Fabian murrte und richtete sich seinen Hemdkragen, da nur noch wenige Meter bis zu seinem Chef vor ihm lagen. Dessen Tür war bereits in Sichtweite und in seiner Fantasie leuchtete das Holz rot auf und heiße Rauchschwaden strömten aus jeder undichten Ritze.

„Du, es ist gerade ungünstig, ich hab' einen Termin mit meinem Boss …", versuchte Fabian zu erklären, doch sein Bruder fiel ihm ins Wort: „Das ist es bei dir immer. Sag mir nur, wann du endlich zur Ruhe kommst und ob es dir gut geht? Leidest du wie gewohnt an Freizeitstress oder hat dich eine Frau mal bremsen und auf die wesentlichen Dinge im Leben stoßen können?"

Fabian blieb direkt vor der besagten Tür stehen und sammelte sich. Er ging die Fragen seines Bruders durch und verkürzte das Gespräch: „Nie, ja, etwas – und zuletzt nein. Ich melde mich wieder bei dir, versprochen!"

Sein Bruder prustete in den Hörer. „Du bist eine Naturkatastrophe und ich hoffe, du gelangst bald zur Vernunft, und vor allem: Die Einladung für dieses Wochenende steht. Also alles Gute für den Termin bei deinem Chef!"

Als sein Bruder aufgelegt hatte, hoffte Fabian, die guten Wünsche würden fruchten.

Als Fabian den Raum betrat, war es glühend heiß. Sein Chef war wohl der einzige Mann, den er kannte, der an kalten Füßen und frierenden Händen litt. Denn die Heizkörper waren auf

Höchsttemperatur gedreht. Er meinte dazu stets, dass es sich lediglich um ein Schilddrüsenproblem handle, doch Fabian nahm ihm das nicht ab.

Freundlich kam Fabian auf seinen sitzenden Chef zu und schüttelte ihm die Hand. „Guten Tag, Herr Stipschitz, wie kann ich behilflich sein?"

„Zuerst setzen Sie sich einmal, Herr Schonauer. Ich habe gehört, dass der Bericht über die Schadensfälle heute mit dem Rechnungshof besprochen wurde. Und ich bin ganz Ohr, zu hören, wie es lief. Gibt es darin irgendetwas, das mir Sorgen bereiten sollte? Sie wissen ja, ich verlasse mich auf Sie. Immerhin winke ich Ihnen nicht umsonst seit einem Jahr mit dem Stellvertreterposten. Ich erwarte mir Ihre Höchstleistung, denn Sie sind nicht meine einzige Wahl und auch Ihre Mitkollegen strengen sich hart an. Das sollten Sie nie vergessen!" Es klang etwas nuschelnd und bei der Ansprache hatte er Fabian nicht einmal angesehen. Er war zu sehr damit beschäftigt, auf den vor ihm liegenden ausgedruckten Exceltabellen rote Linien zu ziehen, Zahlen einzukreisen und dann den Filzstift so ungeschickt in die Kappe zwischen den Lippen zu schieben, dass er sich bei jedem zweiten Versuch die Haut bemalte. Doch es schien ihm egal zu sein.

„Ich brauche Sie gewiss nicht daran zu erinnern, dass ich wegen Ihnen längst eine herbe Enttäuschung erleiden musste. Selbst wenn es erst drei Monate nach Ihrer Einstellung geschah, habe ich es nicht vergessen."

Warum reitet er immer darauf herum? Ich wollte Zeit sparen und kannte damals die ,Befehlskette' noch nicht gut genug. Dennoch war es kein Grund, den man auf eine Pinnwand heften musste.

Was soll ich ihm sagen? Hat er nun bereits Wind davon bekommen und ist es ein Test oder weiß er wirklich nichts?

Fabian beschloss aufs Ganze zu gehen: „Bis auf ein paar Kleinigkeiten war nichts Erwähnenswertes dabei. Alle Empfehlungen können von uns leicht umgesetzt werden oder sind sogar schon in Bearbeitung. Sie müssen sich also keine Sorgen machen. Ich habe alles im Griff."

Bei dem letzten Wort hob sein Chef nun das kahle Haupt und diese gelb unterlaufenen Augen stierten ihn berechnend an. „Ist das so?", fragte er skeptisch mit dem Stift zwischen den Lippen und brachte Fabian dazu, sogar seine Finger frösteln zu spüren. Verunsichert massierte er sie, um das Gefühl loszuwerden, sie würden ihm absterben vor Nervosität. Doch verbal fiel ihm dazu nichts ein, daher nickte er zuversichtlich und straffte seinen Rücken im Sessel.

„Na, wenn Sie es sagen, dann muss es wohl so sein ..." Herr Stipschitz machte sich wieder über die Tabelle her und Fabian wollte nur rasch das Büro verlassen, bevor sein Magen noch zu rebellieren beginnen sollte.

Fabian wusste nicht wie, aber er musste das Ganze geradebiegen, bevor es rauskam selbst wenn er Frau Dr. Glaser Korruption oder Befangenheit aufhalten würde. Es musste rasch etwas geschehen.

7 | Gut gemeinte Ratschläge

„Also. Sag schon! Lass dir nicht alles aus der Nase ziehen! Wie ist der Termin gelaufen?", fragte Chloe übereifrig, während Mirell bereits ihre Sachen zusammenräumte, um heute früher Schluss zu machen. Montags und donnerstags bemühte sie sich darum, vor allen anderen draußen zu sein, um im Gym lockeres Spiel mit den stark frequentierten Trainingsgeräten zu haben.

Um ehrlich zu sein, hatte Mirell keine Lust trainieren zu gehen. Doch sie zwang sich häufig dazu, da sie es dann besser mit ihrem Gewissen vereinbaren konnte, beim Essen über die Stränge zu schlagen. Diäten waren nämlich nicht ihre Welt und mit dem Alter fühlten sich auch die Speckröllchen an Bauch und Hüften immer wohler. Und es braucht hier nicht erwähnt zu werden, dass sie als Single das Gefühl hatte, nicht so viel Spielraum mit ihrem Äußeren zu haben, um einen ihrer Meinung nach als ebenbürtig einstufbaren Mann zu ergattern. Nein, Mirell war nicht dick. Dies keineswegs. Männer würden sogar meinen, sie hätte die perfekten Proportionen: Überall, wo ein bisschen mehr sein könnte, war auch eine Kurve da. Doch Mirell fühlte sich in ihrem Körper nur dann wohl und attraktiv, wenn das Verhältnis der straffen Partien etwas über jenen der weichen blieb.

„Hörst du mir überhaupt zu? Wie hat dieser Herr Schonauer es aufgenommen, dass du seiner Bitte nur halbherzig nachgekommen bist? Übrigens habe ich ihn gegoogelt. Er ist zwar nicht unbedingt mein Typ, aber ich muss gestehen, dass er eine gewisse Ausstrahlung hat. Die leichten Segelohren finde ich niedlich und das verschmitzte Lächeln beweist, dass er Frauen durchaus um den Finger wickeln kann."

Mirell musste schmunzeln. „Du hast ihn gegoogelt? Du kleine Stalkerin." Mirell schloss gerade ihren Business-Rucksack und sah ihre Kollegin mit einem bedeutsamen Augenaufschlag an. Dann spazierte Mirell zu ihrer kleinen Garderobe direkt neben der Tür, um sich den Schal umzuwerfen. Es war kalt geworden in Wien. Selbst wenn ein Hauch von Schneeflocken und die kunterbunten Weihnachtsmärkte zum Verweilen auf den Straßen einluden, war nach fünfzehn Minuten damit zu rechnen, dass einem die Ohren eingefroren waren, die Nase lief wie ein Wasserfall und die Finger zu taub waren, um gar eine Tasse mit Punsch zu halten.

„Na ja, ich war neugierig. Ein bisschen zumindest", druckste Chloe herum und lehnte sich mit verschränkten Armen gegen die Tür. Sie ließ einfach nicht locker.

„Aha, ein bisschen", ließ Mirell sie weiter zappeln und schlüpfte in ihren flauschigen Mantel, der nach floralem Parfüm roch.

„Ich hasse es, wenn du nicht damit rausrückst. Du machst das immer wieder!", fuhr Chloe sie mit halbem Schmunzeln an und zupfte ihr dann helfend die pelzbesetzte Kapuze zurecht, die hinten im Kragen eingeklemmt war.

Mirell hielt inne und wandte sich zu Chloe, während sie halb blind versuchte, den Reißverschluss einzuhaken. „Na, okay – er hat es natürlich nicht allzu gut aufgenommen. Dennoch war er beharrlich und hat mich nach der Besprechung um das Du-Wort und einen gemeinsamen Kaffee gebeten. Und was er penetrant tut, ist, verdammt nahe bei mir zu stehen, was sehr einnehmend und ein bisschen … na ja." Mirell wollte es eigentlich nicht aussprechen, aber …

„Sexy ist?" Chloes Mundwinkel stiegen höher und Mirell wusste, dass nun die Ansprache aller Ansprachen folgen würde. Da war ihre Freundin in ihrem Element.

Mit einem ‚Zipp' hatte Mirell ihren Mantel geschlossen und ging nun die zusätzlichen Druckknöpfe an. Immerhin musste dies doch Signale bei ihrer Freundin setzen, dass sie es eilig hatte und nicht darüber reden wollte.

„Ich wusste es einfach. Du fühlst dich von ihm angezogen. Was soll's? Freu dich doch! Ein bisschen Romantik oder Leidenschaft könnten dir wieder einmal guttun."

Mirell rollte mit den Augen. Diese Vorträge wären bei einer Mutter vielleicht passend, aber bei Chloe wurde ihr das immer peinlich. Mirell war eine gestandene, unabhängige Frau, und nur weil sie Single war, musste sie sich nicht an den erstbesten Kerl hängen. Selbst wenn ihr Körper meinte, bei ihm einen höheren Puls erzeugen zu müssen und ihre Knie versagen zu lassen. Immerhin hatte sie hier das Sagen.

„Bitte, Chloe. Lass das sein. Männer im Arbeitsfeld sind tabu und das solltest du auch so handhaben", Mirell betonte es nun mit einem eindringlichen Blick. Sie fasste gerade nach ihrer Wollhaube, das letzte Accessoire an der Garderobe, doch Chloe schnappte sie ihr vor der Nase weg und hielt sie kindisch hinter ihrem Rücken, als müsse Mirell nun danach fischen. Mirell legte den Kopf schief und bedachte sie mit einem ‚Echt-jetzt?-Ausdruck'.

„Jetzt hör' bitte einmal im Leben auf deine liebe Arbeitskollegin und lass die Anspielungen auf mein Techtelmechtel mit dem Portier. Es hat sich gelohnt und ich bereue es nicht, auch wenn es nur ein paar Monate angehalten hat."

Genervt blickte Mirell an die Wanduhr. Es war 14:07 Uhr und sie brauchte 45 Minuten, um das Auto zu holen und ins Gym zu gelangen. Ab 15:30 Uhr entstanden Warteschlangen bei ihren Lieblingsgeräten.

„Mal ehrlich, Mirell. Deine letzte ernsthafte Beziehung ist drei Jahre her. Geschweige denn, wann hattest du das letzte Mal eigentlich Sex? Ich weiß, dass du dich mit Sport und deiner Malerei ablenkst und dir einredest, dir fehlt es an nichts. Aber wenn du es offen gestehst, sehnst du dich hin und wieder nach einem Flirt. Glaub' nicht, ich höre nicht, welche Lieder du im Büro auf und ab spielst. Da wird ja selbst der Teufel höchstpersönlich deprimiert. Immerhin ist Herr Schonauer kein Abteilungsleiter und in der Hierarchie nur das dritte Würstchen von rechts."

Mirell platzte vor Lachen. Ihr stiegen gerade Bilder in den Kopf, die einfach unmöglich waren.

„Du spinnst ja", musste sie nun schmunzelnd beipflichten.

Chloe kam näher, setzte ihr etwas unbeholfen die Wollhaube auf und streichelte ihr dann mit den Händen über die dick eingepackten Oberarme.

„Echt, Mirell. Was soll schon passieren? Sollte er wirklich von sich aus weiter flirten, lass es geschehen und schau, wohin es führt. Was hast du zu verlieren? Du bist eine heiße Frau und er kann sich glücklich schätzen, sofern du ihn nicht von der Bettkante wirfst."

Mirell schüttelte den Kopf, weil sie anderer Meinung war, aber sie musste Chloe dennoch anlachen. Sie war einfach unmöglich und gleichzeitig überzeugend.

„Und wenn du mir jetzt sagen willst, er ist zu jung, dann pfeif drauf, junge Lady. Mit sechsunddreißig fängt das Leben erst an! Und zur Erinnerung: Es ist seine Wahl und auch dein Körper hat bereits bewiesen, dass ihm das Alter egal ist. Habe ich recht oder habe ich recht?" Nun ließ Chloe von ihr ab, öffnete die Bürotür und sah sie von oben herab triumphierend an.

Gerissenes Miststück!, musste Mirell zugeben. Diese Standpauke würde gewiss nachhallen, egal, wie intensiv sie sich nun im Gym abrackern würde.

„Weißt du, Chloe, ich hasse es, dich zu lieben."

„Ich weiß, Darling. Ich bin einfach gut."

8 | Geplante Zufälle

Fabian kam sich in der Rolle des Stalkers merkwürdig vor. Er hatte nach der Besprechung ein paar Tage verstreichen lassen, um nun seinen Plan fortzuführen. Bisher war er noch nie so weit gegangen, um einer Frau nachzustellen, um sie dann rein zufällig abzupassen. Das war erstens nicht sein Stil und zweitens hatte er so etwas nicht nötig. Frauen hingen an seinem Rockzipfel und nicht umgekehrt. Doch bei Mirell Glaser musste er sich eingestehen, dass sie ein harter Brocken war und zu ihrem Glück gezwungen werden musste. Oder zu seinem.

Als er an der Ecke der Straße zum Haupteingang des Rechnungshofes starrte – hier sollte wohl erwähnt werden, dass er dies bereits geschlagene 47 Minuten lang tat, was eine lästige und mühsame Tortur darstellte! –, kamen ihm Zweifel. Was, wenn sie Außendienst hatte und heute nicht mehr ins Amt kommen würde? Ging er nicht zu weit, so aufdringlich eine Annäherung herbeizuführen? Befand sich der Berichtsentwurf vom internen Prozessablauf des Rechnungshofes her überhaupt noch in Frau Dr. Glasers Händen, sodass sie Einfluss darauf nehmen konnte?

Eines war Fabian mit Bestimmtheit nicht: ein Mann, der andere erpresste oder unter Druck setzte. Diese Grenze überschritt er nicht. Vor allem, weil sein Ego ihm weiterhin einredete, dass diese Frau auf ihn anschlug und es nur nicht wahrhaben wollte. Sie musste anfällig für Flirtversuche sein. *Alles andere wäre widernatürlich*, befand er für sich. Und er musste gestehen, das war nicht alles, was ihn reizte. Nicht nur sein berufliches Dilemma. Nein, auch die Tatsache, dass sie die Kalte und Distanzierte spielte. Oder vielleicht entschieden war? Aber das wollte er nicht glauben. Fabian wollte wissen, ob sie wirklich so taff war, er nicht in ihr Beuteschema fiel oder sie schlicht und ergreifend lesbisch war. Er war fest davon überzeugt, dass die jobtechnische Professionalität nur eine Ausrede von ihr war. Sein Ego wollte es zumindest so erklären.

Als Fabian Frau Dr. Glaser dann endlich aus dem großen Tor des alten Amtsgebäudes treten sah, musste er feststellen, dass sie wie ein Michelin-Männchen eingemummt war. Sie hätte sich gewiss mit seinem Chef mehr als prächtig verstanden, da sie sich wohl derselben Sprache bedienten. Die Wollmütze war so tief in die Stirn gezogen, dass sie von den Augenbrauen gerade noch hochgehalten wurde. Der Mantel wog Tonnen, den kannte er ja bereits und der Schal war über ihren Mund hochgeschoben, sodass sie wie mit einem Niqab verschleiert war. Wenn er den Mantel und den eleganten Gang auf den hohen Stiefeln nicht erkannt hätte, wäre sie ihm mit Sicherheit durch die Lappen gehuscht. Irgendwie fand er es auch etwas witzig, wie sich so eine dominante Frau gegen die Kälte auflehnte.

Fabian schritt aus seiner Deckung und bemühte sich um einen überraschten Gesichtsausdruck. „Na so was … Frau Dr. Glaser? Wie schön, Sie zu sehen!"

Sie schien offenbar in Gedanken versunken gewesen zu sein, denn beim erschreckten Abbremsen knickte sie um und streckte instinktiv einen Arm aus, den Fabian automatisch packte, um sie zu stabilisieren. Viel mehr noch ließ er seine zweite Hand an ihre Taille gleiten, um einen Sturz unmöglich zu machen.

Überrascht sah sie ihn an und aufgrund des Schals konnte Fabian nicht deuten, ob sie sauer, überrumpelt oder erleichtert war.

„Herr Schonauer, was suchen Sie hier?" Zarte Nebelschwaden brachen durch den feinen Wollstoff und ließen es wie Rauch aussehen. Fabian musste grinsen. Es war einfach zu köstlich. Erst jetzt blickte sie an sich hinab und erkannte, dass sie halb in seiner Umarmung lag, woraufhin sie sich hektisch von ihm wegstieß.

Das sture Stück bringt nicht einmal ein ‚Danke' heraus, musste er feststellen. Oder hatte er sie aus der Fassung gebracht?

„Keine Ursache, ich helfe gerne, wenn sich eine Frau in Not befindet", erklärte er, zwinkerte ihr frech zu und kassierte dadurch erhobene Augenbrauen.

„Wie charmant von Ihnen, wenn Sie doch der Auslöser für den ersten Fast-Infarkt waren. Aber Sie weichen mir aus. Was haben Sie hier verloren, Herr Schonauer?" Sie behielt ihn skeptisch im Auge und massierte sich ihre in Leder gehüllten Hände, als würde der Frost sie bereits heimsuchen.

„Sie wollen mir doch nicht etwa unterstellen, dass ich es auf Sie abgesehen habe? Da würden Sie sich viel herausnehmen. Oder verpasse ich denn etwas, wenn ich Sie nicht näher kennenlernen würde?"

Frau Dr. Glaser riss die Lider auf und blickte dann nach Worten suchend auf den Boden. Mit dieser direkten Ansage hatte sie wohl nicht gerechnet. Als sie nun aufsah, fegte etwas Milde über ihre sichtbaren Gesichtsteile.

„Sie spazieren also rein zufällig hier entlang ...", begann sie zögerlich.

„Keineswegs. Wo denken Sie hin?", zog er sie auf und steckte die langsam frierenden Hände in die warmen Jackentaschen seines eleganten Blazers. „Ich bin auf dem Weg zum Café Einstein, da mir dort der Kuchen empfohlen wurde. Wobei der Weihnachtsmarkt ums Eck auch verführerisch klingt, um den Feierabend einzuläuten. Was würden Sie denn bevorzugen? Immerhin meinten Sie ja, wir könnten das nächste Mal gemeinsam etwas trinken gehen. Und Sie werden es nicht glauben. Heute ist nächstes Mal und ich hätte rein zufällig Zeit." Fabian ließ sein charmantestes Lächeln aufblitzen und war siegessicher: Diesmal würde sie klein beigeben.

Frau Dr. Glaser seufzte lautstark, fasste nach dem Schal über ihrem Mund und schob ihn hinab, sodass Fabian erkennen konnte, dass sie hellroten Lippenstift aufgetragen hatte. Und er musste gestehen, sie hatte extrem einladend sinnliche Lippen.

Und? Was ist das? Ein zögerliches Schmunzeln? Wird das etwa eine Zusage?

„Sie sind sehr hartnäckig auf eine etwas charmante Art und Weise, Herr Schonauer. Eigentlich hatte ich andere Pläne, aber ich befürchte, ich entkomme Ihnen heute nicht. Stimmt's?" Sie klimperte mit den Wimpern und legte resigniert den Kopf zur Seite.

Bingo! Ich habe es einfach drauf!

Fabian antwortete, indem er ihr seinen Ellenbogen zum Einhaken präsentierte. Wieder ein gewagter Eingriff in ihre Privatsphäre, doch scheinbar funktionierten bei ihr nur brutale Überfälle, bevor ihr logisches Denken die Reißleine ziehen konnte. Und erneut zögerte Frau Dr. Glaser und starrte gebannt auf seinen Arm, als wäre er der erste Schritt in Richtung ‚Point of no Return'. Um es ihr einfacher zu gestalten, beschwichtigte er noch mit seinen harmlosen Absichten: „Ich beiße nicht."

„Da bin ich mir nicht so sicher", scherzte sie und fädelte sich dann ein. Wenn auch mit dezentem Sicherheitsabstand. „Ich würde den Weihnachtsmarkt vorschlagen, falls Ihnen das recht ist", erklärte sie beiläufig.

„Gerne, Fräulein Mirell."

Als ihr Kopf in seine Richtung schwenkte, tat er so, als sei nichts, doch sie rollte mit den Augen.

Wieder ein Punkt für mich.

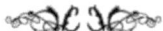

Mirell hielt die heiße Tasse fest zwischen ihren Händen und genoss es, wie die Wärme durch das Leder ihrer Handschuhe drang. Dann schloss sie die Augen und inhalierte den Geruch von Zimt und Pflaumen, den ihr Punsch verströmte. Ja, sie würde nie ein Freund des Winters werden, aber sie liebte diese weihnachtliche Atmosphäre. An den Holzhütten, die kreisförmig um einen 150 Jahre alten und 28 Meter hohen Weihnachtsbaum gezogen waren, befand sich Kunstschnee und Weihnachtsschmuck. Im Hintergrund war ein Tonband mit fröhlichen Liedern passend zur Jahreszeit zu hören. Eltern mit Kindern, die an ihren Armen zogen, bekamen große Augen bei all dem Klimbim, das die Läden präsentierten. Von Lebkuchen, Keksen, Bratwurst, Holzspielzeug, Kerzen, ätherischen Ölen und Wollhauben war alles mit dabei. Und man sollte sich davor hüten, dem Wiener Adventmarkt öfters als ein- bis zweimal in der Saison einen Besuch abzustatten, da er ein Loch in jedes Portemonnaie fraß.

„Es scheint Ihnen zu schmecken", schlussfolgerte Herr Schonauer, der wieder sehr dicht bei ihr stand und ihr nun bei jeder Gelegenheit den netten Spitznamen ‚Fräulein Mirell' aufzwang. Es war offensichtlich, dass er darauf abzielte, dass ihr bald der Geduldsfaden reißen würde und sie sich zuletzt geschlagen gebe und ihm das Du gestatten würde. Doch Mirell rang innerlich selbst noch mit sich. Auf der einen Seite dröhnten ihr Chloes Worte in den Ohren. Andererseits war und blieb er ein Kunde. Aber dann, wenn sie ihn ansah, mochte sie, was sie da erblickte. Ein freundliches Gesicht, das von kleinen Lachfalten in den Augenwinkeln gespickt war, ein Grübchen am Kinn und ein zarter Ansatz von Bartstoppeln. Herr Schonauer war mit langen Wimpern gesegnet worden und sein gesunder Hautton verriet, dass er hin und wieder künstliche Sonne genoss. Am schlimmsten stand es jedoch um seine Frisur. Er hatte extrem dichtes, leicht gewelltes Haar, welches er regelmäßig mit den Händen zu zähmen versuchte. Wie gerne hätte Mirell ihm diese Plage abgenommen und es selbst getan. Sie war wie magisch davon angezogen. Dabei hatte sie diesen Drang noch nie zuvor bei einem Mann verspürt. Und sie mochte seinen Geruch, dem ja kaum auszuweichen war, so oft, wie sich dieser Mann in ihre Nähe drängte.

„Ich muss gestehen, das Getränk ist viel besser, als ich es ihm zugetraut hätte. Und wie steht es mit Ihrem Vanille-Kirsch-Punsch?", fragte sie interessiert, nahm einen kleinen Schluck und blieb an seinem breiten Lächeln haften. Er leckte sich die Lippen, was sie enorm hibbelig machte.

„Ich kann auch nicht klagen. Das war wirklich ein genialer Tipp, herzukommen. Ich genieße es hier mit Ihnen, Fräulein Mirell." Er zwinkerte kein einziges Mal und versuchte offenbar, sie zu hypnotisieren.

Mirell nahm gleich zwei große Schlucke hintereinander und hoffte, der Alkohol würde ihre Nerven beruhigen.

„Sie können meinen aber gerne kosten, wenn Sie wollen." Er hielt ihr die Tasse entgegen und Mirell sträubte sich wieder, sie zu nehmen. War es wirklich normal für ihn, so schnell den privaten Wohlfühlbereich von ihr einnehmen zu lassen? Zu Beginn hatte sie es noch als berechnend und überrumpelnd empfunden, doch schön langsam glaubte sie, es sei tatsächlich seine Art. Wo andere drei Anläufe brauchten und sich vorsichtig herantasteten, sprang er ins Getümmel und zeigte auf sich: ‚Da bin ich!' Woher nahm er bloß dieses Selbstvertrauen?

Ach was soll's?, gab sie sich einen Ruck und übernahm die Tasse, um kurz daran zu nippen. „Mmmh. Wirklich nicht schlecht", gab sie offen zu. Dann sah sie ihn ernster an. „So, und da wir nun bereits so intim miteinander sind, warum sind wir tatsächlich hier? Geht es noch immer um diesen Bericht? Wollen Sie mir nur schöne Augen machen, damit ich in letzter Sekunde auch noch die ‚mangelnde Sorgfalt' daraus entferne?"

Sein Lächeln wurde breiter und aus unerfindlichem Grund kamen seine Finger jetzt näher und richteten ihre Wollhaube, die drohte, bald über ihre Wimpern zu rutschen. Ein Kribbeln zog durch Mirells Körper, als er kurz ihre Schläfe berührte. Sie klammerte sich fester an ihr Getränk und hoffte, diese Verunsicherung würde sich nicht bemerkbar machen. Beiläufig übertauchte sie die Situation durch ein stolz erhobenes Kinn und wich zugleich einen Schritt zurück.

„Heißt das etwa, Sie finden meine Augen anziehend?"

Mirell klappte der Unterkiefer auf und leider hatte sie ihre Gesichtsröte nicht im Griff. *Wie kann er nur so dreist sein?*

„Verschlägt es Ihnen die Sprache, Fräulein Mirell? Das bin ich von Ihnen gar nicht gewohnt", provozierte er sie und seine Augen funkelten geradezu. Mirell hätte ihm nur zu gerne das freche Grinsen aus dem Gesicht gewischt. Sie kam sich nicht nur überfordert, sondern auch übervorteilt vor, da er ihre eloquente Schwäche ausnutzte, weil sie ihn schlichtweg unterschätzte.

„Sind Sie eigentlich immer so aufdringlich und selbstgerecht? Gibt es in Ihrer Welt keine Selbstreflexion?"

Nun hob er überrascht die Augenbrauen und sein Lächeln fiel ab. „Sie können mich ja gerne aufklären. Ich bin nicht lernresistent, wenn Sie das meinen, Fräulein …"

„Es reicht! Ich gebe auf. Also schön, Fabian. Ich gewinne hier langsam das Gefühl, dass deine Flirtversuche entweder darauf abzielen, dass du mich bezüglich eures Berichtes beeinflussen willst oder du Trophäenjäger bist. Womöglich erkennst du in mir einen besonderen Leckerbissen, weil ich mich so sträube."

Diesmal stieg nur seine rechte Augenbraue nach oben und er sah sie kalkulierend an. „Dabei finde ich gar nicht, dass du dich groß sträubst. Eine Frau wie du würde es mir sagen, falls sie meine Gesellschaft nicht schätzt. Habe ich nicht recht?"

Wenn das nicht entwaffnend war …

„Vielleicht will ich einfach nur höflich sein", verteidigte sie sich und konnte vor sich einen Wechsel von bemessend zu amüsiert erkennen. Fabian schritt wieder dicht an sie heran und wirkte selbstgefällig. Und sie hasste das! Aber dennoch konnte sie ihn nicht von sich stoßen. In ihrem Unterbauch zog sich alles zusammen und nun erkannte sie auch, dass sie so aufgewühlt war, dass ihr sogar heiß wurde.

„Dann freue ich mich einfach, dass du so höflich bist, und genieße die Zweisamkeit mit dir, solange du sie zulässt."

Fabian streckte plötzlich den Arm neben ihr aus, als würde er vorhaben, sie zu sich heranzuziehen und weiß Gott was mit ihr anzustellen, als Mirell erkennen musste, dass er lediglich seine leere Tasse auf die Theke direkt neben ihnen abstellte.

Oh mein Gott! Bin ich gerade enttäuscht? Ihr Herz sprang ihr bis zum Hals und sie ärgerte sich über diese deplatzierten Gedanken, als er sie scheinheilig ansah und der Schankkraft andeutete, dass er noch einen zweiten Punsch haben wollte.

„Und wie lautet die Antwort auf meine Frage?", polterte es aus Mirell heraus, da sie lieber Klartext redete, als die Spielchen zu durchschauen, die er offensichtlich mit ihr trieb. „Ist diese Annäherung pure Berechnung?" Mirell wollte – nein musste! – es unbedingt wissen.

„Wollen wir das nicht gemeinsam rausfinden? Vielleicht habe ich mich selbst noch nicht entschieden." Er nahm ihr die Tasse aus der Hand, bestellte auch einen weiteren Punsch für sie und schmunzelte dabei zufrieden.

9 | Zu viel des Guten

Während Fabian darauf wartete, dass Mirell aus den Waschräumen direkt neben dem Weihnachtsmarkt herauskam, läutete sein Handy. Beiläufig musste er auch feststellen, dass Sonja wieder drei Textnachrichten verfasst hatte. Er seufzte und konzentrierte sich dann auf den Anrufer.

„Hey, Dad. Wie komme ich zu der Ehre, dass du bei mir durchläutest? Ist dir die Sonne in Dubai zu Kopf gestiegen?" Fabian konnte nicht anders, als einen abfälligen Ton einzustreuen. Immerhin meldete sich sein Vater alle drei heiligen Zeiten, während seine Mutter ihn einmal wöchentlich löcherte. Und dies, obwohl seine Eltern vor sieben Jahren nach Dubai ausgewandert waren.

„Charmant wie immer, mein Sohnemann. Na? Bist du wieder unterwegs und auf Brautschau?"

Fabian lugte zu den Türen der Nassräume und schnalzte mit der Zunge als Antwort.

„Egal. Warum ich dich eigentlich anrufe, ist, dass Saskia sich vor einer Stunde bei mir gemeldet hat."

Ein Kloß bildete sich schlagartig in Fabians Hals, denn allein dieser Name war ein Reizwort. Er verstand einfach nicht, warum sein Vater den Kontakt zu seiner Ex nicht abbrach. Sie waren nur fünf Jahre ein Paar gewesen. Das war allerdings noch immer kein Grund, ihm in den Rücken zu fallen und mit ihr einen auf gut Freund zu machen. Sie waren nicht verheiratet gewesen und ein Spross hatte ebenso wenig das Licht der Welt erblickt. Frauen kamen und gingen und daher ärgerte es Fabian maßlos. Und egal, wie oft er seinem Vater verklickert hatte, dass er keinen Kontakt zu seiner Ex, die ihm das Herz rausgerissen und darauf herumgetrampelt war, duldete, stellte dieser sich taub. Er meinte stets: „Bist du noch immer nicht drüber hinweg? Das ist ja ein Trauerspiel, mein Junge!" Und Fabian konnte es ehrlich gesagt nicht mehr hören. Das Maß war voll!

„Und warum sollte mich das interessieren?", fragte Fabian geladen und schob mit einem Fuß den zu gut gemeinten Kies gegen Rutschgefahr unter sich zusammen.

„Ach so! Das tut mir leid. Ich dachte, sie hätte zuerst bei dir durchgeläutet und dich gar eingeladen. Aber ich irre mich wohl." Jemand, der seinen Vater nicht kannte, hätte hier Sarkasmus rausgelesen, doch Fabian wusste es besser.

„Wozu eingeladen?" Fabian fragte mehr aus Reflex, als dass es ihn wirklich kümmerte. Die Antwort traf ihn jedoch trotzdem eiskalt: „Na ja, zu ihrer Hochzeit. Sie will im Frühjahr ihren langjährigen Freund ehelichen. Vielleicht hat ja der Storch zugebissen."

Nur entfernt hörte Fabian noch das grunzende Lachen seines Vaters am anderen Ende. Die Welt vor ihm schien zu verschwimmen, nur den Umrissen zufolge kam Mirell gerade von den Toiletten auf ihn zu. Fabian schluckte den bitteren Geschmack im Mund hinunter, und als er seinen Vater abwürgte, zitterte seine Hand. Er wusste, er hatte nur noch ein paar Sekunden, um sich zu fangen bis …

„Ist alles in Ordnung? War es womöglich doch zu viel Punsch?", erklärte Mirell vergnügt und sah ihn tadelnd an.

Fabian bekam seine Maulsperre nicht auf und nickte stattdessen hektisch. Er bemühte sich um Ablenkung und bot ihr wieder seinen Ellenbogen an. Rasch konzentrierte er sich auf die Straße in Richtung U-Bahn-Abstieg, damit sie nicht in ihm lesen konnte, dass er völlig durch den Wind war. Warum jedoch? Saskia ging ihm am Arsch vorbei und es sollte ihn doch nicht interessieren? Wieso also diese unangebrachte Gefühlsduselei? Wut stieg in Fabian auf, weil er empfand, dass dieses Frauenzimmer es nicht wert war, dass er noch immer so stark auf sie reagierte.

„Mmmmh. So schweigsam? Das ist ja regelrecht beängstigend", erklärte Mirell neben ihm, die nun die Geschwindigkeit und Richtung vorgab, da er offenbar unkonzentriert herumschlich.

Fabian schüttelte den Kopf, um Saskia und den Anruf aus dem Gedächtnis zu vertreiben. Dann sah er zu Mirell hinab, die ihn argwöhnisch musterte. Ihm blieb nichts anderes übrig, als sie erneut anzustrahlen wie eine Grinsekatze und zu hoffen, sie würde nicht nachbohren. Denn ausgerechnet jetzt war er nicht aufnahmefähig.

„Entschuldigung. Ich war nur kurz abgelenkt. Das liegt wohl daran, dass mir die Form der Lebkuchen, die wir vor wenigen Minuten noch diskutiert hatten, wirklich sehr obszön vorkam."

„Waaaasss?", sie zog es unnötig in die Länge. „Die zwei Mäxchen haben eindeutig getanzt, egal, in welcher Position man sie betrachtet hatte. Sie – ähm – du solltest dir echt mal Gedanken bezüglich deiner zu lebhaften Fantasie machen."

Fabian sah sie an und er mochte dieses unbeschwerte Strahlen an ihr. Wenn ein paar ihrer roten Strähnen um das Gesicht wirbelten und ihre Wangen durch die Kälte leicht erröteten, hatte sie etwas Feenhaftes an sich. Zudem zog Mirell die Aufmerksamkeit automatisch auf ihren Mund, wann immer sie lächelte oder Grimassen zog. Auch die Stupsnase und die ausdrucksstarken Augen waren faszinierend, da sie ihr eine Niedlichkeit verliehen und die strenge Seite, von der Fabian sie zu Beginn kennengelernt hatte, vergessen ließen.

„Nun gut. Ich habe mein Versprechen gehalten und bin über meinen Schatten gesprungen bezüglich dem Du. Ich hoffe, ich bin nichts mehr schuldig und kann mich nun getrost auf den Weg nach Hause machen", erklärte sie lächelnd und wurde langsamer.

Sie blieben unter den hohen Granitbögen eines Amtsgebäudes stehen und Mirell fädelte sich aus seinem Arm heraus, obwohl Fabian sie noch gerne weiter begleitet hätte. Aus irgendeinem Grund wollte er ausgerechnet jetzt nicht alleine sein. Er hatte das Gefühl, eine Flut von Erinnerungen würde ihn hinwegschwemmen, sobald Mirell außer Sichtweite wäre. Und als sie da so stand und dabei war, ihren Mantel am Hals wieder enger zu stellen, traf ihn eine beklemmende Ahnung wie Verlustangst. Ohne einen Gedanken daran zu verschwenden, packte er Mirell an den Schultern, drängte sie gegen die Gebäudemauer und küsste sie. Ihre Wärme zu spüren, stachelte ihn an, er wollte ihre Lippen teilen und mehr von ihr kosten. Eine seiner Hände umfasste leidenschaftlich ihre Wange und ihr Geruch trieb ihn weiter an. Er wollte einfach abdriften und die

Welt um sich herum vergessen, als Mirell ihn von sich weg presste und ihm mit der Faust – Ja! Mit der Faust! – mitten ins Gesicht schlug.

Als Mirell das Licht in ihrem Vorzimmer anmachte, raste ihr Herz noch immer. Sie schälte sich aus ihrem Mantel, dem Schal, der Haube und warf alles teilnahmslos zu Boden. Exakt dorthin, wo sie sich gerade befand.

Was ist da geschehen?

Dieser Kuss war gegen ihren Willen passiert und dennoch hätte sie ihre Hand ins Feuer gelegt, dass Fabian nicht vorhatte, sie zu verletzen oder gar weiter zu gehen. Und sie schwor darauf, obwohl sie ihn kaum kannte. Trotzdem hatte er sie genötigt und überwältigt und die Sache wühlte sie auf.

Mirell lief in ihrem Wohnzimmer auf und ab. Sie hielt sich dabei selbst im Arm, als die Fragen sie schier durchlöcherten. Vielleicht war sie zu weit gegangen, hatte überreagiert? Hätte nicht eine Ohrfeige gereicht oder ihn wegzustoßen und anzubrüllen? Womöglich war es dem Alkohol zuzuschreiben gewesen.

Warum suchst du nach Ausreden? Um ihn in Schutz zu nehmen? Hallo?! Er hat dich überrumpelt und unerlaubt geküsst!

Ihre Gedanken spielten Pingpong und das musste sie unterbrechen, um wieder reibungslos zu funktionieren. Mirell lief zur Glasvitrine neben dem Fernseher und wählte einen kupferfarbenen Becher. Dann stampfte sie in die Küche, drückte sich Eiswürfel aus dem Kühlschrank und füllte den Becher bis zur Hälfte. Mit gekonntem Griff in das Kühlfach langte sie nach dem Mandarinen-Tonic und ihrem Lieblingsgin und mixte sich einen Drink für die Nerven.

Mirell sank in ihren weichen Hängestuhl und ließ ihre Gedanken treiben. Sie spulte das Geschehen wieder und wieder vor ihrem inneren Auge ab. Eigentlich hatte sie sich verabschiedet. Natürlich war ihr nicht verborgen geblieben, dass Fabian zerstreut gewirkt hatte. Sein Flirtmodus war abgestürzt, aber das war ihr sogar recht gewesen, denn sie wollte es bei der einmaligen Verabredung belassen. Sie hätte sich selbst nicht mehr vertraut, hätte er bei der Verabschiedung eine charmante Annäherung gewählt oder so vehement geflirtet wie auf dem Weihnachtsmarkt. Denn um ehrlich zu sein, hatte ihr dieser Abend ein wenig gefallen. Ein wenig! Trotzdem hätte sie nie damit gerechnet gehabt, dass er sie einfach packen und gegen die nächstbeste Wand pressen würde. Noch bevor sie sich hatte beschweren können, waren diese Lippen ... diese warmen, fordernden Lippen über ihre gestrichen und hatten sie für ein paar Sekunden gelähmt. Dennoch war es ein plumper Versuch gewesen und sie konnte nicht einordnen, ob sie es gut gefunden hatte oder nicht. Dafür war es zu schnell gegangen und eine instinktive Abwehrreaktion kam über sie.

Aber was fiel ihm auch ein? Bin ich etwa Freiwild?, ärgerte sie sich still und heimlich.

Mirell nahm einen großen Schluck, verschränkte die Arme vor sich und stieß sich mit den Füßen am Boden ab, damit ein stärkeres Schaukeln zustande kam.

Sie konnte noch fühlen, wie sich eine geballte Energie in ihren Händen verteilt, sie Fabian von sich gestoßen und anschließend weit ausgeholt hatte. Ausgerechnet mit der Faust? Grundgütiger, welche Frau schlug mit der Faust zu? Konnte es denn schlimmer kommen? Wenn es heiß herging und Fabian nun ein Veilchen davontrug, könnte er sie sogar wegen Nötigung oder Körperverletzung anzeigen. Und dann? Hätte er damit erreicht, dass sie den Bericht nicht weiterhin begleiten dürfte?

Mirell stoppte das Schwingen, stellte den Becher am Boden ab und fuhr sich mit beiden Händen übers Gesicht.

Was habe ich nur angerichtet?

10 | Attraktiver Ballast

*F*abian betrachtete sein Gesicht im Spiegelschrank des Badezimmers. Er wandte den Kopf abwechselnd nach links, dann nach rechts, weil er es nicht fassen konnte. Er war noch nie von einer Frau geschlagen worden und er wusste nicht, wie er das finden sollte. Das Gefühl war zerschmetternd, und auch, dass er nicht wusste, wie er mit dieser Situation nun umgehen sollte, plagte ihn. Wie war sein Kurzschluss zu erklären oder gar zu entschuldigen?

Plötzlich vernahm er hinter sich einen riesigen Krach und Fabian sprang erschrocken zur Seite. Als er sich nach der Ursache umdrehte, stand Romeo am Rand seiner Badewanne und fixierte ihn. In der Wanne lag sein Duschgel, das der Kater offensichtlich durch seinen Balanceakt am Wannenrand reingeworfen hatte. Sein Schwanz tänzelte nervös hin und her, als er nun Anstalten machte, weiterzugehen. Das Fellknäuel wirkte geradezu unbekümmert und desinteressiert und dennoch lagen diese listigen gelben Augen auf dem von ihm selbst ernannten Sklaven.

Fabian verfolgte Romeos Spaziergang. Er sah nun eine Schale mit Badekugeln direkt in der Gefahrenlinie am Rand des Beckens stehen und bekam Panik: „Untersteh dich, Romeo! Runter von der Wanne, sonst gehst du selbst baden!"

Der Kater hielt inne und setzte sich nur zwei Zentimeter von der Glasschale entfernt hin. Seine wachsamen Katzenaugen auf

Fabian gerichtet, hob er in Zeitlupe seine rechte Pfote und legte sie doch tatsächlich auf dem Gefäß ab.

„Du verfluchtes Mistvieh hast mich genau verstanden! Ich. Warne. Dich!"

Und mit einem Kick rutschte die Schüssel auch schon in die Wanne und drohte zu zerbrechen, wenn Fabian nicht rechtzeitig danach gefischt hätte. Am liebsten hätte er die Glasschale dem flüchtenden Kater hinterher geschossen. Dann wäre ihr Verlust zumindest sinnvoll gewesen, doch ihm fehlte die Kraft dazu, dem Tier hinterherzujagen. Vielmehr drehte er sich wieder zu dem Debakel in seinem Gesicht und stieß angestaute Luft aus der Lunge.

Fabian lehnte sich auf sein Waschbecken, um noch näher an dem Spiegel zu kleben. Unter seinem rechten Auge hatte sich ein zweieinhalb Zentimeter langer und ein halber Zentimeter hoher Bluterguss gebildet. Das tiefe Dunkelblau wechselte am Rand in ein Dunkelrot, um dann nach außen gehend immer heller ins Gelb abzuschwächen. An manchen Stellen hätte man auch eine Grünnuance ablesen können und er schätzte, dieses Schmuckstück würde er gewiss mindestens eine Woche lang spazieren tragen. Daher hatte er sich für heute vorerst freigenommen, denn er wollte sich nicht die Blöße geben und spielte noch mit dem Gedanken, heimlich in einer Drogerie dieses komische Camouflagezeug der Frauen einzuhamstern. Doch bei seinem Glück würde das Antitalent fürs Schminken durchschlagen und im Büro erst recht jeder fragen, was mit seinem Auge passiert wäre. Da war ihm eine Krankmeldung wegen Darmvirus viel lieber und sein praktischer Arzt würde ihn gewiss aufgrund eines Gemisches aus Belustigung und

Mitleid decken, wenn er das Kunstwerk in Fabians Gesicht erspäht hätte.

War das häusliche Gewalt?, konnte Fabian die schallende Stimme von Torsten im Kopf bereits hören und hoffte, es würde nicht so weit kommen. Dennoch sollte er sich andere Sorgen machen. Mirell hatte ihm eine gedonnert, ihn angeschnauzt, ob er komplett durchgeknallt wäre, und war dann an ihm vorbei zur U-Bahn geflüchtet. Und zwar, noch bevor er etwas zu seiner Verteidigung hatte äußern können. Es war alles viel zu schnell gegangen und was hätte er ihr bitte sagen sollen? Das Telefonat mit seinem Vater hatte ihn aufgewühlt? Er wäre einem dringenden Impuls gefolgt und es wäre einfach so über ihn gekommen? Er wusste es ja selbst nicht genau. Immerhin war ihm so etwas nie zuvor passiert. Und was, wenn Mirell ihn nun anzeigen oder den Sachverhalt seinem Chef stecken würde und damit sein Ruf und seine Karriere schlagartig ruiniert wären? Dabei hatte er sich seine Zukunft als Stellvertreter und das doofe Gesicht von Torsten, sobald er es ihm verkündet hätte, bereits lebhaft ausgemalt. Und jetzt hatte er mit einem schlichten Kuss alles riskiert. Für einen verdammten Kuss, an den er sich dank seines Suffs nur schemenhaft erinnern konnte.

Zumindest wusste er eines: Er hätte nicht aufgehört, Mirell zu küssen und gehofft, dass sie sich auf ein Zungenspiel hätte einladen oder verführen lassen. Aber womöglich war er doch zu beherrschend und plump bei seinem Versuch vorgegangen. Dabei hatte er bisher nicht geplant gehabt, überhaupt so weit mit ihr zu gehen …

Was habe ich nur angerichtet?

Mirell hatte ihren viel zu schweren Kopf auf die Handflächen gestützt und starrte auf den Bildschirm vor sich. Sie war heute einfach nicht fähig, sich auf die Arbeit zu konzentrieren. Ihr ganzer Körper stand unter Strom. Beim kleinsten Geräusch am Gang vor ihrem Büro wurde sie hellhörig und verkrampfte sich noch mehr, da sie sich einbildete, gleich würde die Türe aufschwingen und ihr Boss würde mit kalter Miene ein disziplinäres Gespräch ankündigen.

Welche Konsequenzen würden nach dem Vorfall von gestern auf sie warten? Was, wenn sie ihren Job verlieren würde? In diesem Moment hoffte sie, dass Chloe nicht für Small Talk hereingeschneit kam, denn sie würde ihr am liebsten den Hals umdrehen bei diesen genialen Tipps, die sie ihr gegeben hatte. Alles war nach hinten losgegangen!

Einerseits überlegte Mirell, ob sie nicht aufhören sollte, auf die Guillotine zu warten und selbst tätig werden sollte. War etwas zu retten? Sollte sie Fabian anrufen? Sich erklären? Entschuldigen? Oder behaupten, sie wären quitt, da sie ihm nie Zeichen gesetzt hatte, an ihm interessiert zu sein?

Das wäre ja noch schöner! Du hast nichts getan, außer dich zu verteidigen!, rief ihr ihr Gewissen in Erinnerung.

Dennoch ging es hier um ihren Job und ihre Existenz! Andererseits konnte Fabian zwar die Handgreiflichkeiten anhand seiner Blessur, die er mit Sicherheit davongetragen hatte, belegen, aber nicht, dass sie von Mirell stammte. Es war kein Zeuge in der Nähe gewesen. Er hatte sie also nicht in der

Hand. Oder etwa doch? Diese Unsicherheit trieb sie in den Wahnsinn!

Letztendlich beschloss sie, abzuwarten, was geschehen würde und betete still und heimlich, dass das Ganze zu keiner Katastrophe mutierte.

Eine Woche war nun verstrichen und nichts, absolut nichts war passiert. Mittlerweile verschanzte Mirell sich nicht mehr in ihrem Zimmer. Chloe ging sie zwar gekonnt aus dem Weg, weil sie sich selbst nicht zutraute, den verfluchten Mund in Bezug auf dieses Thema zu halten, aber die erste Gefahr schien gebannt zu sein.

Nichtsdestotrotz musste sie an Fabian denken. Sie fragte sich, ob es ihm gut ging, ob er sauer war oder etwas gegen sie plante. Und sie zerbrach sich den Kopf, was geschehen wäre, wenn sie sich, anstatt sich zu wehren, gefügt oder gar fallen gelassen hätte? Sie konnte noch immer seine Hand an ihrer Wange spüren, schmeckte seine Lippen auf den ihren und die Erinnerung an sein Parfüm war allgegenwärtig. Es war nicht gerade so, dass sie aus Panik keine Luft bekommen oder sie Angst gehabt hatte, gleich vergewaltigt zu werden. Es schien eher … von seiner Seite aus ein wenig verzweifelt gewesen zu sein. Als hätte er sich an etwas Realem festklammern wollen, das augenblicklich zur Verfügung gestanden hatte. Vielleicht hatte es mit seinem merkwürdigen Verhalten kurz davor zu tun gehabt und er hatte einfach neben sich gestanden. Zuvor war er zwar wortgewandt, dreist und mutig gewesen, aber auf keinen

Fall hatte Fabian ihr direkte Avancen gemacht, unangenehme Zweideutigkeiten von sich gegeben oder ... okay, bedrängt hatte er sie ein wenig.

Als ein Signalton ihres Handys sie aus den Gedanken riss, sah sie nach, ob es sich um eine private Nachricht handelte. Es befand sich eine E-Mail auf ihrem Künstleraccount, auf dem sie ihre gemalten Bilder anpries und zum Verkauf bereitstellte. Eigentlich war es die letzten Monate über eher still um ihre Homepage gewesen, da sie weniger Motivation verspürt hatte, sich hinter die Leinwand zu klemmen. Dennoch hatte sie ein paar sehr gelungene Werke im Angebot, die sie an den Mann oder die Frau bringen wollte.

Doch als sie die E-Mail öffnete und die Zeilen überflog, staunte sie nicht schlecht.

11 | Gekaufte Aufdringlichkeit

Als Mirell das in Luftpolsterfolie verpackte, mehrteilige Bild aus ihrem Kofferraum hievte, schlugen ihre Alarmglocken unaufhörlich an. Ihr Instinkt sagte ihr, irgendetwas wäre faul, denn seit über einem Jahr hatte sie keine Ausstellung mehr organisiert und keine Anfragen bezüglich ihrer Kunst erhalten. Es war ruhig um das vormals florierende Hobby geworden. Und nun, einfach so, meldete sich ein Kunde, der weder am Preis herumfeilte noch weitere Fragen zur Technik äußerte. Alles, was er wollte, war eine persönliche Hauszustellung. Mirell befürchtete daher, dass womöglich ein Spanner ihre Fotos im Netz gesehen hatte und nun herausfinden wollte, wie die Künstlerin in natura aussah.

Das mulmige Gefühl wuchs an, als sie auch schon vor einer kleinen Doppelhaushälfte zu stehen kam und auf die Abstreifmatte zu ihren Füßen lugte. Dort wurde der schwarze Helm von Darth Vader aus Star Wars mit dem gut vermarkteten Slogan ‚Welcome to the dark side' präsentiert.

Na prima. Wie passend!

Mirell blickte sich um. Sie wusste nicht, ob ihr der Tatbestand, dass sich diese Adresse nur zehn Gehminuten von ihrer eigenen Wohnung befand, nicht noch mehr Angst einflößen sollte. Eine innere Stimme bestätigte, dass das alles kein Zufall sein konnte. Dennoch drückte sie mit zitternden Fingern auf die Türklingel und hielt gebannt den Atem an.

Es war Samstag, 14:00 Uhr und Herr Meier, wie er sich vorgestellt hatte, hatte diese Uhrzeit gewählt. Als merkwürdig empfand es Mirell ebenfalls, dass an der Tür kein Namensschild montiert war. Sie konnte also nicht einmal in diesem Punkt einschätzen, ob ihr die Person die Wahrheit erzählt hatte.

Hinter der Tür waren sich nähernde Schritte zu vernehmen. Mirell schloss kurz ihre Augen, um sich zu sammeln und sich auf das Schlimmste gefasst zu machen. Und als sich die Türe öffnete, sprang ihr ein freundliches Lächeln entgegen. Dennoch wäre beinahe das zwar gut verpackte, aber bereits versprochene Bild zu Boden geknallt. Wenn ‚Herr Meier', der nun augenscheinlich nicht Herr Meier war, nicht geistesgegenwärtig nach dem fallenden Kunstwerk gepackt hätte.

„Zumindest meine Reaktionszeit ist noch intakt, wenn schon meine Manieren verloren gegangen sind", erklärte Fabian mit einem verhaltenen Ausdruck. Er versuchte offensichtlich, an ihren Gesichtszügen abzulesen, wie es aktuell um ihre zwischenmenschliche Beziehung stand.

Mirell verharrte mit offenem Mund und ihre Beine fühlten sich wie angewurzelt an. Sie hatte mit vielem gerechnet, aber mit ihm? Dass er tatsächlich recherchiert hatte? Und bereit war, Geld auszugeben, nur um ein Gespräch mit ihr zu erzwingen? Oder hätte sie es nicht besser wissen müssen? Immerhin war er Mister ‚Da bin ich!'

„Hallo Mirell, wenn ich dich noch so nennen darf. Danke, dass du gekommen bist." Seine Finger lagen unsicher am Türblatt und unweigerlich musste Mirell auf den Farbverlauf unter seinem rechten Auge starren.

Das warst du!

Mirell fühlte sich schäbig. Die anfängliche Wut darüber, dass er es doch tatsächlich wagte, sie hierherzulocken und womöglich Geld als Entschuldigung zücken wollte, war am Kippen. Sie presste ihre Lippen fest aufeinander, weil sie das nicht sein wollte. Sie mochte keine wilde Furie sein, die Männer mit Fäusten grün und blau schlug. Nur mit Mühe konnte sie glasige Augen verdrängen, die sich aufzwingen wollten.

„Ich … ich weiß einfach nicht, was ich dazu sagen soll, Fabian. Ich bin entsetzt, was ich angerichtet habe und gleichzeitig so verflucht wütend, dass das alles passiert ist. Und vor allem, dass du mich unter einem falschen Vorwand herlockst und mich auch bezüglich des Namens anlügst. Das ist alles etwas viel auf einmal. Ich brauche Zeit, um das zu verdauen. Findest du nicht?"

Seine Augenbrauen hoben sich und das Lächeln wandelte sich zu einem nachdenklichen Gesichtsausdruck.

„Es war kein falscher Vorwand. Ich bin wirklich beeindruckt von deiner Kunst. Schon als ich in deinem Büro war …", begann er ernst, doch Mirell wurde ungeduldig. „Lass das, du lenkst ab! Ich bin nicht käuflich. Das muss erst einmal gesagt werden." Sie merkte, wie ihr Herz raste und ihre Hände nun gierig nach dem Bild fassten. Fabian hielt es noch immer in einer Hand, als würde es leicht wie eine Feder sein, während sie es mit beiden Händen fixieren musste.

Fabian öffnete trotz der kalten Witterung die Tür sperrangelweit und wies sie hinein. Er kaute an seiner Unterlippe und straffte seine Brust. Mirell überlegte lange, sah jedoch nicht ein, warum sie in das Haus eines Fremden, und noch dazu eines Kunden, gehen sollte.

„Dass du nicht käuflich bist, weiß ich, Mirell. Das hätte ich dir auch nie unterstellt, aber das mit letzter Woche nagt an mir und ich wusste nicht, wie ich es dir erklären sollte. Du hättest mir gewiss keinen Termin gegeben. Dir auflauern wollte ich nicht, denn ich hätte es verstanden, wenn du mich dann als irren Stalker abgestempelt hättest. Und das ist nicht in meinem Sinn. Und soweit ich weiß, stand keine offizielle gemeinsame Besprechung mehr an. Also blieb mir nur diese eine Möglichkeit. Zumindest wollte ich es versucht haben."

Mirell erkannte das erste Mal Ehrlichkeit in seinem Gesicht. Kein schelmisches Grinsen, kein aufgesetztes Lächeln, kein übertriebenes Flirten, Zwinkern oder Ähnliches. Er meinte es ernst. Sie seufzte laut und sah interessiert in das Vorzimmer des Hauses. Es sah einladend aus.

„Darf ich dich auf einen Kaffee hereinbitten?", unterstützte Fabian noch ihre Überlegungen.

„Nur, sofern du Spaten, Schaufel, Isolierband et cetera gut verstaut und weit weg gelagert hast." Mirell zog einen Mundwinkel kalkulierend in die Höhe und erkannte, wie Fabian zu schmunzeln begann. „Habe ich. Obwohl ich mich bei so gefährlichem Besuch eigentlich schützen müsste." Dabei zwinkerte er ihr zu, selbst wenn sie das nur zur Hälfte lustig empfand.

Fabian nahm Mirell das Bild ab und stellte es zu Boden, um ihr aus dem Mantel zu helfen. Er erkannte, dass es ihr schwerfiel, nicht auf seinen blauen Fleck zu schielen und dabei einen reumütigen Blick aufzusetzen. Er war so erleichtert, dass sein Plan aufgegangen war, denn es hätte komplett nach hinten losgehen können. Und wie sehr ihm auch sein Job am Herzen lag, so weit hätte es niemals kommen dürfen.

Als sie sich aus ihren Stiefeletten geschält hatte, führte er sie gastfreundschaftlich weiter durch den hellen Flur. Mirell scannte seine Möbel, seinen Stil und er hoffte, das moderne Flair aus Weiß, Anthrazit und gebürstetem Edelstahl gefiel ihr. Dabei konnte es ihm eigentlich egal sein, doch er wollte sie mit seinem Geschmack überwältigen. Und zumindest schienen ihre Augen sich nicht sattsehen zu können, was seinem Ego guttat.

„Mein Respekt. Du scheinst wirklich auf edle und sehr hochwertige Möbel zu stehen. Ich könnte jetzt gemein sein und fragen, ob deine Freundin oder Lebensgefährtin dahintersteckt."

Autsch!

Fabian kratzte sich am Hinterkopf, um den Ärger wegzuschieben und bot ihr einen aus edlem Holz geformten Barhocker bei der Theke seiner Wohnküche an.

„Ich muss dich enttäuschen, der Großteil entstammt meinen Vorstellungen. Ich lebe hier allein."

Wie aufs Stichwort kam ein Maunzen, als Romeo wie selbstverständlich aus seinem Katzenkorb im Eck des Wohnzimmers sprang und mit aufgeregtem Schwanz auf seinen Besuch zusteuerte.

Na toll. Hoffentlich muss ich ihn nicht wieder wegsperren! Fabian blieb bei Gästen nämlich nichts anderes übrig, da Romeo sein Revier markiert und zudem Besuchern regelmäßig herzhaft in die Waden biss.

„Oh! Du hast eine Katze. Wahnsinn! Die ist ja wunderschön. Was ist das für eine Rasse?"

Fabian erkannte, wie Mirell sich trotz ihres kurzen Rockes und der blickdichten, schwarzen Strümpfe zu Boden hockte und bereits mit lockenden Gesten ihrer Hand auf eine Vorstellung hoffte.

„Eine Maine Coon. Ich sollte dich vorwarnen, Romeo hasst alle Menschen inklusive meiner Wenigkeit ..." Doch als der Kater vor Mirell stehen blieb, kurz an ihren Fingern roch, tänzelte er sofort an ihrem gebeugten Knie entlang und rieb sich leidenschaftlich an ihr. Begleitet wurde das Affentheater durch ein lautes Schnurren.

„Das sieht mir aber nicht so aus", freute sich Mirell und strahlte übers gesamte Gesicht. Sie konnte gar nicht mehr aufhören, den Kater zu streicheln. Es deutete auf eine große Tierliebhaberin hin und Romeo suhlte sich geradezu in ihrer Aufmerksamkeit.

Mieser Verräter! Fabian formte seine Lider zu Pfeilen und fixierte den Kater, doch dieser strafte ihn mit Desinteresse.

„Ich fasse es nicht. So hat er noch nie reagiert", rutschte es ihm ungläubig heraus.

Nun blickte Mirell mit hochgezogenen Augenbrauen zu ihm und erklärte lapidar: „Ich bin ja auch nicht irgendjemand. Es nennen mich immerhin einige Dr. Dolittle."

„Das glaube ich dir aufs Wort", staunte Fabian nicht schlecht, während er sich nun um die Kaffeemaschine kümmerte.

„Darf ich dir einen Kaffee anbieten? Hast du ganz spezielle Wünsche? Ich kann dir sogar Karamell, Haselnuss oder Schokovariation servieren." Fabian nahm eine seiner schönsten Tassen, Untertasse und Löffel aus seinem Sortiment und arrangierte sie, indes Mirell es sich erneut auf dem Barhocker bequem machte. Romeo war dies aber nicht recht und Fabian hörte, wie sein Maunzen wieder klagender wurde. Er wollte weiterhin die Hauptrolle spielen.

„Das ist wirklich lieb, doch ich muss gestehen, ich bin wohl nicht sozialfähig. Ich gehöre nämlich zu dem kleinen erlesenen Kreis, der keinen Kaffee trinkt. Dann wohl eher Kakao oder Tee. Aber du musst dir keine Umstände wegen mir machen."

„Gut, damit kann ich auch dienen. Kein Problem." Fabian sah sie nun an, wie sie gerade die Überraschung kaschierte, als er ihr eine Holzbox mit sortierten Teesorten vor die Nase setzte. Gleich gefolgt von einer Schachtel mit Testbeutel gefüllt mit raffinierten Kakaosorten.

„Wow! Ich bin beeindruckt. So viel Auswahl hatte ich in einem Privathaushalt noch nie. Hast du dich auf mein Kommen eingestellt?" Sie klimperte mit den Wimpern und Fabian schaute sie kalkulierend an. Sie traute ihm tatsächlich alles zu. Im Augenwinkel sah er, wie das Fellknäuel mittlerweile aufgegeben hatte und sich zum weißen Sofa ein paar Meter entfernt zurückzog.

„Ich muss dich enttäuschen, ich bin selbst nicht so der Kaffeetrinker." Fabian sah sie keck an, aber er konnte nun in ihrem Ausdruck ausmachen, dass das alles hier zwar schön und gut war, doch sie wissen wollte, warum er sie tatsächlich reingebeten hatte.

„Nun gut. Danke, dass du meiner Einladung, wenn auch sehr unfreiwillig, gefolgt bist. Ich möchte mich von ganzem Herzen wegen der Sache nach dem Adventmarkt entschuldigen. Ich weiß selbst nicht, was da in mich gefahren ist. Ich wollte dich auf keinen Fall in Bedrängnis bringen oder mich dir aufzwingen. Das ist wirklich nicht meine Art. Aber dass das danebenging, hast du mir ohnehin rasch verdeutlicht."

Fabian nahm ihr den Beutel mit Orangenkakao aus der Hand, den sie offensichtlich gewählt hatte, und griff für sich nach einer Packung Minzkakao. Danach schritt er zum Kühlschrank, um Frischmilch zu holen und in die Tassen zu gießen. Nicht jedoch, ohne immer wieder einen Blick auf ihr Verhalten zu werfen. Sie schien mit den Worten zu hadern, als wolle sie sichergehen, die richtigen und vor allem unverfängliche zu finden.

„Ich schäme mich ehrlich gesagt für meine zu drastische Reaktion." Dann riss sie die Augen auf, weil sie offenkundig glaubte, er könne es missverstehen. „Ich meine, es war trotzdem nicht in Ordnung, dass du mich einfach so gegen die Wand gepresst und geküsst hast."

Fabian sah sie ohne zu blinzeln an und es lag ihm auf der Zunge, zu fragen: ‚Wie wäre deine Reaktion denn ausgefallen, wenn ich darum gebeten hätte?' Doch er verkniff es sich. Selbst wenn er amüsiert erkennen musste, dass sein ungebrochener Blickkontakt dazu führte, dass ihre Finger nervös an der Holzbox vor ihr herumnestelten. Leicht rote Wangen waren das

Ergebnis und sie überspielte ihre Verunsicherung geschickt, indem sie gelassen ihr leuchtendes Haar über die Schultern warf.

Sie trug einen schulterfreien grauen Wollpulli, der ihren Hals und ihre Schlüsselbeine hervorhob. Und ihre tiefgrünen Augen kamen dadurch besonders zur Geltung. *Eine nette Wahl*, befand Fabian.

„Gut, ich werde mich bemühen. Sollte es erneut über mich kommen, dich in Windeseile an mich zu reißen und küssen zu wollen, dann werde ich dich zumindest vorwarnen", scherzte er, weil es einfach zu köstlich war, wie sie bei direkten Aussagen wortkarg wurde. Sie riss ihre Augen auf und ihr Mund formte ein erschüttertes ‚Oh'. Bis sie das Ganze als einen Scherz abtat und mit dem Kopf nickte. „Ja, genau. Du hast deinen inneren Scherzkeks wiedergefunden. Na, so weh hat der Schlag dann wohl doch nicht getan. Dennoch. Trotz allem. Ich möchte mich dafür entschuldigen. Um es mit deinen Worten auszudrücken: Es ist auch nicht meine Art, aufdringliche Männer zu vermöbeln."

Fabian erkannte, dass es ihr wichtig war, dass sie nicht als Schlägerin bei ihm in Erinnerung blieb, selbst wenn sie es ebenfalls in einen Scherz verpackt hatte. Ob es ihr ein persönliches Anliegen war oder sie eher um ihren guten Ruf fürchtete, konnte er jedoch nicht einschätzen.

Er stellte nun die gefüllten Tassen in die Mikrowelle, wählte die entsprechende Zeit und drückte den Startknopf.

„Dann bin ich erleichtert, dass wir das nun geklärt hätten", begann er, doch in ihr schien noch etwas zu arbeiten. „Nicht so ganz. Du sagtest, du wüsstest nicht, weshalb du so reagiert hast. Ich möchte nur sicherstellen, dass ich nicht irgendwelche falschen Signale gesetzt habe, die dazu führten. Ich dachte, wir wären uns einig, dass es sich um einen rein freundschaftlichen Termin gehandelt hat."

Das ‚Bing' der Mikrowelle durchbrach die drückende Stille.

Warum wollen Frauen immer alles so genau bis ins letzte Detail wissen? Reicht ein ‚Ich weiß es nicht' nicht aus?

Fabian holte den Kakao aus dem Gerät und stellte die köstlich duftenden Getränke zwischen ihnen ab. Diesmal hielt Mirell seinem Blick stand und pochte geradezu auf eine Antwort.

„Es war wohl einfach ein schwacher Moment, bei dem ich intuitiv gehandelt habe. Mir war nicht bewusst, dass wir eine Abmachung gehabt hätten. Genauso wie ich deine Kunst interessant finde und hoffe, du schleppst das Bild nicht wieder raus. Denn trotz des drastischen Endes habe ich diesen Abend mit dir genossen. Ich hätte gelinde gesagt nichts dagegen, ein weiteres Date mit dir zu verbringen." Scheinheilig nippte er nun an seinem zu heißen Kakao und wartete auf eine Reaktion.

„Das war kein Date", kam es etwas schnippisch zurück.

„Na, wenn du es sagst. Für mich sieht ein freundschaftlicher Termin anders aus." Er strahlte sie an, da er darauf baute, dass sie sich nun vehement verteidigen und langsam ärgern würde. So weit konnte er sie bereits einschätzen und dennoch hätte er seine Hand dafür ins Feuer gelegt, dass sie von ihm angetan war. Immerhin saß sie hier bei ihm und trank Kakao. So unangenehm konnte ihr seine Gegenwart trotz der Abfuhr also nicht sein.

Mirell stand nun vom Barhocker auf, nippte ebenfalls am Heißgetränk und Feuer loderte aus ihren Augen.

„Du meinst also, ein freundschaftlicher Termin wäre so etwas Unverfängliches wie Badminton zu spielen? Kannst du gerne haben. Mal sehen, welche Figur du da machst, wenn keine Mauer dich in Versuchung bringt. Morgen gleiche Zeit?"

Fabian verschluckte sich am brühend heißen Getränk und sah sie wehleidig an. „Badminton? Ist das dein Ernst? Ich habe nur gescherzt", erklärte er kleinlaut, da er sich nicht gerade romantisch ausmalen wollte, wie er in durchgeschwitztem T-Shirt von Mirell kreuz und quer über ein zu großes Feld gejagt werden würde. Er konnte bei ihr hingegen exakt ablesen, dass ihr diese Vorstellung mehr als nur Spaß bereitete.

„Was denn? Auf einmal den Schwanz einziehen? Gar nicht mehr so dreist und selbstbewusst? Hast du etwa … Angst?", forderte sie ihn auf und so wollte er es nicht stehen lassen.

„Keineswegs. Ich beschäftige mich nur allzu gerne mit schweißtreibenden Aktivitäten."

Doch sie überhörte seine Zweideutigkeiten gelassen: „Und solltest du danach meine Anwesenheit noch immer schätzen, können wir erneut über deinen Wunsch, das Bild zu kaufen, reden." Sie nahm einen großen Schluck, ohne sich anmerken zu lassen, dass der Kakao zu heiß war, zwinkerte ihm zu und bahnte sich ihren Weg allein hinaus zur Tür.

12 | Scharfes Turnier

irell saß in ihrem Auto und ihre Zunge brannte wie die Hölle. Sie hatte sich deftig den Mund verbrüht. In zweierlei Hinsicht. Einerseits, weil sie, um Fabian Stärke vorzuheucheln, an dem zu heißen Kakao gezogen hatte und andererseits, weil sie ihm ein Badminton-Duell aufgeschwatzt hatte.

Warum tue ich so was nur? Soll das zum Plan, Abstand zu halten, dazugehören?

Mirell schlug wütend mehrfach mit beiden Händen auf das Lenkrad, nur um in der nächsten Sekunde alarmiert liebevoll darüber zu streichen. *Tut mir leid, du kannst nichts dafür.* Sie vergötterte ihren Wagen und wollte ihre Wut nicht an ihm auslassen, selbst wenn sie diese Badminton-Partie schon jetzt bereute.

Auf dem Weg in ihre Wohnung hielt sie einen inneren Monolog mit sich selbst. Von wegen, Fabian hätte eine Abreibung verdient und sie müsse ihm einmal zeigen, dass er nicht mit jeder Frau machen konnte, was er wollte. Und dass es da draußen sehr wohl starke, unabhängige Frauen gab, die immun gegen seine Reize waren. Aber war sie das auch wirklich? Immun gegen ihn? Denn immerhin schlug ihr Körper bei ihm an. Ihre Fantasie schweifte stets ab und suggerierte ihr Bilder von seinem charmanten Lächeln, diesem knackigen Hintern und vermeintlichen Oben-ohne-Eindrücken, die sie nur allzu gut erahnte. Vor allem, nachdem er ihr heute mit einem enganliegenden, schwarzen Shirt die Tür geöffnet hatte, blieb nicht mehr viel Raum für Spekulationen. Und sie hasste es, die Kontrolle über sich in seiner Gegenwart zu verlieren. Wiederholt kam er mit Aussagen, die sie aus der Fassung gebracht hatten oder den Faden verlieren ließen. Neben ihm kam sie sich immer wie ein pubertierender Teenager vor, der doof aus der Wäsche guckte, wenn er sie nur lange genug eindringlich ansah. Sie wollte die Kontrolle zurück, und dass er sie künftig ernst nahm. Sie wollte nicht belächelt werden und schwach wirken. Daher war zu hoffen, seine Niederlage beim Spiel würde ihrer beider Positionen wieder relativieren und sie hätte nicht mehr den Wunsch, ihn ständig zu übertrumpfen. In jeglicher Hinsicht. Und um es nochmals klarzustellen: Dies war KEIN Date, sondern lediglich sportliche Betätigung!

Zwei schwitzende Körper in engem Outfit, viel Testosteron in der Luft, rascher Puls, lauter Atem ... *oje. Ob das gut gehen wird?*

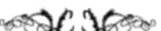

Fabian war etwas verwundert. War dieses Frauenzimmer einfach nur stur, oder wollte sie speziell ihm beweisen, wie taff sie war? Er hatte ihr abends noch eine E-Mail geschrieben und erfragt, ob er ihre Nummer haben dürfe. Dabei war es nur darum gegangen, sie abzuholen und mitzunehmen. Doch offenbar wollte sie ihre Privatsphäre schützen und vertraute ihm weder die Telefonnummer noch die Adresse an. Sie speiste ihn einfach mit der Lage des Sportzentrums ab, in dem sie sich das Treffen vorstellen konnte, und hatte zumindest hier die Höflichkeit besessen, ihn zu fragen, ob der Ort ihm recht sei.

Und wie recht ihm dieses Zentrum war, da er nicht weit mit dem Auto hinbrauchte. Dennoch nagte es an ihm. Was sollte das werden? Nie zuvor hatte eine Frau, die er kaum kannte, auf einen sportlichen Termin gepocht. Überwiegend war es Frauen doch wichtig, sich von der besten Seite zu zeigen. Verlaufenes Make-up, zerstörte Sturmfrisuren und Schweißgeruch traute man doch zumeist erst Bekanntschaften zu, die sich im Bett bereits gemeinsam aktiv betätigt hatten oder nebeneinander wach geworden waren. Dadurch war man immerhin schon einiges gewohnt beziehungsweise abgehärtet. Aber so hatte er das Gefühl, die Zweisamkeit mit ihm wäre ihr schnurzpiepegal. Und das wollte er ihr partout nicht abnehmen. Dabei konnte es ihm auch einerlei sein, denn ihr näherzukommen, hatte nur den einen Zweck: ihr Vertrauen zu gewinnen und ihr so den Kopf zu verdrehen, dass der Bericht wegen Befangenheit ins Wasser fiel. Plan B blieb Korruption, wenngleich diese erst schlagend werden würde, sofern sie ihm das Bild tatsächlich verkaufte. Wobei er hoffte, sie würde als Allererstes davon absehen, den Bericht überhaupt in diesem Wortlaut offiziell rauszubringen. Diese Variante wäre ihm ohnehin am liebsten gewesen, doch letztendlich würde es die Zeit zeigen, die ihm wohlgemerkt davonlief.

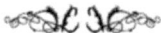

In voller Trainingsmontur, mit offenem Wintermantel geschützt und mit Trainingstasche bewaffnet stieg er aus dem

Wagen und erklomm die heiligen Stufen zum Trainingstempel. Von Mirell war weit und breit keine Spur zu entdecken. Aber Fabian baute darauf, dass ihr Ehrgeiz sie dazu zwang, pünktlich zu sein. Als er zum Empfang kam, fiel ihm wie erwartet ihr streng hochgebundener Rossschweif auf. Mirell hatte es sich auf einem der Sofas in der Lobby bequem gemacht und malträtierte ihr Handy. Erst, als er seine Tasche lautstark neben ihr abstellte, wurde sie sich seiner Anwesenheit bewusst. Sie sah ihn freundlich an und begrüßte ihn mit einem unerwarteten Handshake. „Hey, schön, dass es geklappt hat. Ich war so frei, uns bereits einen Platz zu reservieren. Wir haben Nummer vier."

„Okay", war alles, was ihm dazu einfiel, als Mirell bereits an ihm vorbeischlenderte und er von dem Farbenmeer und der Leuchtkraft ihres Outfits fast geblendet wurde.

Ist das Taktik?, fragte er sich, als er die enge türkisfarbene Leggings, das orangefarbene Neontop und die neonrosa Socken zweifelnd mit den Augen scannte. Sagte man nicht, nur gefährliche Exemplare in der Tierwelt warnten mit schreienden Farben? Zum Glück hatte sie nur weiße Sportschuhe in ihrem Schrank aufgabeln können, sonst hätten diese giftgrün ausfallen müssen. Langsam zweifelte er an seinem Verstand, ob er diese Frau wirklich so gut durchschauen und deuten konnte, wie er zuvor gedacht hatte. Trotz allem gestand er ihr zu, dass sie sich nicht verstecken musste und ihr die Kurven gut zu Gesicht standen. Ob dahinter auch steinharte Muskeln verborgen lagen, würde sich wohl heute zeigen.

Fabian folgte ihr und erkannte, dass außer einem sehr geübt scheinenden Pärchen keine anderen Sportler die Plätze in der beheizten Halle nutzten. Irgendwie war er erleichtert. Denn genau genommen waren eher Fußball und Basketball seine Domäne und Badminton für ihn nur ein simples Hin- und Herwerfen eines gefederten Etwas ohne große Anstrengung. Aber in Anbetracht des strengen Gesichtsausdruckes von Mirell wurde ihm flau im Magen. Womöglich sollte er das Ganze doch etwas ernster nehmen.

„Und? Möchtest du richtige Sätze spielen oder eher ein zwangloses Match durchführen? Kennst du die Regeln?"

Viele Fragen …

„Ich würde vorschlagen, wir gehen es langsam an und sehen, was passiert. Wie so oft im Leben. Nicht wahr?"

Doch die Anspielung ließ sie kalt. „Wie du wünschst."

Mirell stellte sich am anderen Ende des Feldes auf und an ihrer Haltung erahnte er bereits, dass sie mehr Übung hatte als er. Grundsätzlich hatte er ja kein Problem damit, dass eine Frau in irgendeinem Punkt besser, schneller oder intelligenter war als er. Die Betonung liegt auf grundsätzlich. Aber ausgerechnet bei Mirell nagte sein Ehrgeiz an ihm. Er beschloss daher augenblicklich, wenn er hier und heute ‚abkacken' würde, dann zumindest mit erhobenem Haupt. Fabian wollte alles aus sich herausholen.

Bei den ersten Schlägen schien Mirell ihn zu testen. Sie zielte artig direkt in seine Griffweite, die Bälle flogen hoch und langsam, aber nach zehn Minuten wandte sich das Blatt. Sie jagte ihn über das Feld, von links vorne nach rechts hinten und Fabian hatte alle Mühe, noch mitzuhalten, während er ihr nicht einmal einen Schweißtropfen auf die Stirn lockte.

Verflucht, wer ist diese Frau und wie alt ist sie, bitte? Ist sie vielleicht eine verkappte Bundesmeisterin und ich weiß nichts davon?

Fabian bekam Seitenstechen, obwohl er doch zwei Stunden die Woche auf dem Laufband verbrachte. Er keuchte wie eine Dampflok. Nun ärgerte er sich, dass er das Schweißband für die Stirn verbannt hatte, da es ihm unsexy erschienen war, es zu tragen. Aber jetzt lief ihm der Saft in die Augen und brannte meisterhaft. Selbst der Anblick der leicht wippenden Brüste von Mirell tröstete ihn darüber nicht hinweg.

Mirell vollbrachte tiefe, scharfe Schüsse, gezielt und unerbittlich, sodass er sich nicht mehr sicher war, ob sie noch immer einen Federball oder gar einen Tennisball benutzte.

Das gibt es nicht!, schrie sein Ego, das ihm gehörig in den Hintern trat. Noch dazu hatte es den Anschein, als würde sie sich kaum über das Feld bewegen und elegant alle Züge voraussehen und dankend annehmen, als wäre es eine Leichtigkeit. Und je kürzer die Züge wurden, desto mehr kratzte es an Fabians Ego. Irgendwann kam der Punkt, an dem er sich eingestehen musste, dass er versagen würde. Mirell würde keine Gnade walten lassen. Doch plötzlich zwinkerte ihm das Schicksal doch noch zu.

Fabian verschoss aus unerfindlichem Grund den Ball – womöglich hatte er anstatt der gespannten Fläche nur den Holzrahmen des Schlägers erwischt – und dieser flog so brillant einen unvorhersehbaren Winkel, dass es diesmal Mirell war, die dem Federding verzweifelt entgegenlief. Sie meinte es aber offenbar zu gut, war zu schnell unterwegs, rutschte aus, um sich mit einer unnatürlichen Verrenkung noch immer dem Ball zuzuwenden. Ein lautes ‚Ratsch' kündigte die Zerreißprobe ihres Outfits an, denn ihre Leggings platzte exakt mittig der Pobacken auf, bevor sie zu Boden stürzte.

Fabian ließ augenblicklich den Schläger fallen und eilte zu ihr, da er sich nicht sicher war, ob das Geräusch lediglich der Stoff produziert hatte und nicht doch von einem Band stammte, was tragisch enden könnte.

Zwei Dates und ebenso viele Verletzungen wären kein schönes Karma!

Als er bei ihr angekommen war, rollte sie sich längs auf den Rücken und hatte ihre Arme neben sich ausgebreitet.

„Ist alles in Ordnung? Ich kann mich nur bei dir bedanken, denn du hast bewiesen, dass du nicht nur mich fertigmachst, sondern auch dein Outfit nicht mit deiner Energie mithalten kann." Hilfsbereit wollte Fabian ihr eine Hand reichen, doch Mirell sah ihn an und begann aus voller Lunge zu lachen. So laut und intensiv, dass sie glasige Augen bekam. Es war so ansteckend, dass sogar Fabian alle Mühe hatte, nicht loszuprusten und selbst das andere Pärchen beim Spiel innehielt und gebannt auf sie starrte.

„Ist alles okay da drüben?", fragte der pflichtbewusste Mann und wäre gewiss auch losgestürmt, wenn Fabian ihn nicht mit einem Wink davon abgehalten hätte. „Ja, ja. Sie leidet offenbar an einem Lachkrampf. Den kann ich heilen, kein Ding."

Auf diese Meldung hin wurde das Lachen noch schlimmer. Mirell hielt sich verzweifelt den Bauch, als würde es bereits schmerzen, bis sie zu der Bank am Platzrand deutete, wo sie zu Beginn des Spieles ihre Sachen abgelegt hatte. „Könntest du mir bitte das Handtuch holen, damit ich auf dem Weg raus nicht den anderen einen Lachflash bereite?" Mit zitternden Händen beruhigte sie sich langsam und wischte sich die Tränen ab, während Fabian ihr in die Augen blickte und sich nicht sattsehen konnte. Er mochte ihr Lachen und es war eine Freude, sie so zügellos und unverkrampft wahrzunehmen.

„Wenn du willst, bin ich deine Deckung bis nach draußen. Ich gehe einfach ganz dicht hinter dir, synchron, sodass niemandem etwas auffällt." Er zwinkerte ihr zu und sie musste erneut mit sich kämpfen, um nicht die Fassung zu verlieren.

„Das glaube ich dir sogar aufs Wort." Mirell stemmte ihren Oberkörper hoch und deutete mit einem flehenden Ausdruck zur Bank.

„Und wieder helfe ich einer Lady aus der Patsche. Und ich dachte, wir wären uns einig, dass das nicht zur Routine wird."

Sie sah ihn schmunzelnd an und blieb dann an seinen Lippen hängen. Zu lang, um nicht aufzufallen. „Ich wusste nicht, dass wir uns geeinigt hätten."

Mirell war die ganze Sache mehr als peinlich. Da hatte sie Fabian beim Badminton fertigmachen wollen und präsentierte ihm schlussendlich ihren blanken Arsch.

Musste es heute ausgerechnet der Slip mit den Giraffen sein? Es war ihr Sportslip, den sonst niemand zu Gesicht bekam und bei dem es ihr egal war, wie durchgeschwitzt er wurde. Wer hätte auch damit rechnen können, dass sie ihre Leggings bei sportlicher Glanzleistung zerlegen würde und die Giraffen ans Tageslicht geraten könnten?

Obwohl sie sich dieses Match anders vorgestellt hatte, war diese gelöste Stimmung irgendwie schön gewesen. Mirell konnte sich nicht erinnern, wann sie sich das letzte Mal so unbeschwert gefühlt hatte. Sie war zudem beruhigt, dass Fabian nicht in offenen Wunden bohrte und auf dem Missgeschick herumritt.

Schweigend gingen sie nebeneinander her in Richtung Ausgang. Mirell war überrascht, dass er ihr sogar den Mantel angeboten hatte, der weit über ihren Allerwertesten hing, mehr noch als ihre Jacke. So verlor auch das Handtuch seine Funktion.

„Okay, irgendwie hatte ich das anders geplant."

Neugierig sah er zu ihr rüber. „Und zwar?"

„Ich wollte dich mit dieser Partie fertigmachen, dich von deinem selbstgefälligen Trip runterholen und nun habe ich mich nur nach Strich und Faden blamiert. Das Fräulein Mirell ist also nicht so taff, wie sie es gerne nach außen hin vorgibt."

Hab' ich das gerade laut gesagt?

„Ich würde es zwar nie zugeben, doch das Fräulein hat mich sehr beeindruckt. Es ist schön, zu sehen, dass sie zwar eine harte Schale, aber einen verdammt entzückenden Arsc…"

Mirell schlug ihm halbherzig auf den Oberarm. „Hey! Nicht schon wieder frech werden!"

„Verzeihung! Nun gut, einen verdammt weichen Kern hat."

Sie sah ihn direkt an, und als sie sein Schmunzeln erkannte, wurde ihr warm ums Herz. Rasch blickte sie zu den Parkplätzen und sammelte sich.

Was soll das werden, Mirell? Wenn du so weitermachst, kann es nichts Unverfängliches bleiben. Du weißt doch, wie schnell du dich verguckst und nicht mehr objektiv bist. Das ist hier völlig fehl am Platz! Spaß meinetwegen, aber Emotionen können dir Probleme einhandeln. Vor allem: Denk an deinen Job!

Mirell seufzte, denn es war wahr. Seit sie Single war, neigte sie dazu, sich zu rasch romantischen Gefühlen hinzugeben und sich Szenarien auszumalen, die in weiter, weiter Ferne lagen. Und dies nur, weil sie einfach einsam war, obwohl sie dies gegenüber Chloe immer verneinte. Doch wenn sie nachts alleine einschlief und die Betthälfte neben ihr sie kalt anlächelte, wurde es ihr mehr als nur bewusst.

„Kann ich dich wo hinfahren?" Sie waren vor einem schicken weißen BMW-Cabrio stehen geblieben und Fabian betätigte den Autoschlüssel, um ein freundliches Blinken einzuleiten. Wie er sich lässig gegen den Flitzer lehnte, wurde ihr der Machoanteil an ihm wieder bewusst, da er offenbar der Meinung war, mit diesem Wagen bei ihr punkten zu können.

Sie trat näher heran, schritt bedächtig um das schneeweiße Fahrzeug herum, um ihn dann wissen zu lassen: „Ich nehme an, ein BMW Z4, 245 PS, 19-Zoll-Alufelgen, Automatik mit Vollleder. Könnte um das Jahr 2013 erstmals zugelassen worden sein und verfügt über einen Heckantrieb, was bedeutet, die Schnitte lässt sich genial fürs Driften nutzen. Ein wirklich schöner Wagen." Und Mirell genoss das Erstaunen in seinen Augen und vor allem seinen eben aufklappenden Kiefer. Beinahe wäre ihm sogar der Schlüssel aus der Hand geglitten.

„Es ist sehr charmant von dir, dass du mich fahren willst, aber ich bin selbst mit dem Auto gekommen", ergänzte sie, bevor er aus seiner Stockstarre entfliehen konnte. Gerade als sie sich zu ihrem Gefährt aufmachen wollte, rief er ihr nach: „Jetzt mal ehrlich, hast du zufällig den gleichen Wagen oder ...“

„Ich würde mal sagen: oder!", schrie sie zurück, ohne sich umzudrehen und grinste in sich hinein. Doch als sie bei ihrem Liebling angekommen war, hörte sie sich nähernde Schritte.

„Das ist jetzt nicht dein Ernst! Ist das deiner? Was zum Teufel ist das?" Seine Stimme klang diesmal etwas schrill. Mirell blickte genugtuend zu ihm und machte auf mysteriös. „Tja, mein Lieber, von diesem Schätzchen liefen nur 3.054 Stück vom Fließband."

„Er ist foliert und gecleant! Ich kann überhaupt nicht erkennen, um welche Marke es sich handelt. Bist du ein Autofreak?"

Mit breitem Grinsen sah sie ihn an und war stolz auf diese Tatsache. Nur die wenigsten Männer kamen damit klar. Geschweige denn Frauen, doch bei Männern war es immer ein

Eingriff in ihr Revier. Sich mit diesem Auto von einer Rothaarigen überholen zu lassen? Nie und nimmer! Wenn allerdings ein Mann am Steuer saß, sah es die Konkurrenz als cool an. *Typisch!*

„Das fasse ich als Kompliment auf. Ja, ich bin ein Autofreak."

„Okay, sag mir nur eines: Wie viele Pferde hat er unter der Haube?"

Mirells Grinsen wurde breiter. Offenbar war Fabian überwältigt, denn er lief ehrfürchtig um den Wagen, ohne es auch nur zu wagen, ihn zu berühren.

„310 PS. Und falls du auf die Idee kommen solltest: nein! Ich lasse niemanden damit fahren."

Mirell öffnete das Auto, schlüpfte rasch aus dem Mantel, um in ihre Jacke zu wechseln und ihm ihren entblößten Hintern abzuwenden. Fabian war nach seiner Inspektion wieder bei ihr angekommen und nahm ihr den Mantel ab. Sie konnte sehen, dass seine Finger zitterten und ihr wurde jetzt erst bewusst, wie galant es gewesen war, ihr den warmen Mantel abzutreten.

„Danke. Und ich muss offen zugeben, dass ich trotz des Desasters unheimlich viel Spaß hatte", erklärte sie.

Als er näher zu ihr heran schritt, blickte sie rasch zu Boden, da sie befürchtete, ein Annäherungsversuch würde sie diesmal schwach werden lassen. Denn allein seine Nähe brachte sie schon aus dem Konzept.

„Für ein zweites Date gar nicht so schlecht", scherzte er und sie sah zu ihm auf, weil sie seine Aussage verneinen wollte. Doch er zog einen Mundwinkel hoch und schien geradezu auf ihren Protest zu warten. Fabian kam merklich heran, fixierte nun abwechselnd ihre Lippen, um dann an ihren Augen haften zu bleiben. Mirells Herz schlug Purzelbäume und ein innerer Kampf brach los. Was sollte sie tun, wenn er sie erneut küssen wollte? Wollte sie das auch? War es vernünftig?

Pfeif auf vernünftig!, hörte sie Chloes Stimme zwitschern und Mirell presste sich nun gegen ihren Wagen, da sie sich noch nicht entschieden hatte.

„Das war …"

„Kein Date. Ja, genau. Aber ich hoffe, du nimmst es mir nicht übel, dass ich dich gerne wiedersehen möchte und dass ich das reservierte Bild zum Anlass nehme, wobei mir die Meisterin höchstpersönlich bei der Montage behilflich sein könnte."

Mirell schluckte einen Kloß in die Flucht und verstand nicht, warum Fabian solch eine Wirkung auf sie hatte. Als wäre sie das allererste Mal einem Mann so nahe. Dabei war sie älter als er und sollte es gelassener nehmen. Doch ihr linkes Knie meldete sich zu Wort. Sie hatte plötzlich das ungute Gefühl, einen abgestandenen Geschmack im Mund zu verspüren und ihren eigenen Schweiß zu riechen.

Nicht gerade antörnend!

„Ich werde darüber nachdenken", flüsterte sie, als seine Augen ihr Gesicht abfuhren und sie so hibbelig wurde, dass sie schlagartig nur noch ins Auto steigen und verschwinden wollte. Und noch bevor es ihr zu heiß werden konnte, tat sie dies auch.

13 | Private Einblicke

„Hey, hier hast du dich verkrochen." Mike stieß ihm mit dem Finger in die Rippen, sodass Fabian zusammenzuckte.

„Wie kommst du darauf, dass ich mich verkrochen habe? Ich plündere nur die Naschlade von Ben, der wieder einmal zu wenig besorgt hat. Es ist immer das Gleiche mit ihm", murmelte Fabian und kramte zwischen abgelaufenen und offenen Chipstüten in einer Küchenlade herum.

„Soll ich schnell zur Tanke fahren?", erkundigte Mike sich hilfsbereit und Fabian hob nur die Schultern. Er konnte diesbezüglich noch keine Auskunft geben, da er sich noch nicht überall durchgewühlt hatte.

Sie standen in Bens Küche, während sich im Hintergrund das Gelächter von Ben und Pascal ausbreitete. Die beiden konnten sich wie Teenager nicht von der Playstation losreißen. Dies lag wohl daran, dass Fabian heute etwas zu spät zum geplanten Pokerabend hinzugestoßen war und sich seine Freunde Ersatzbeschäftigung gesucht zu haben schienen.

„Und? Wie läuft es mit Sonja und Denise?"

Fabian spürte, wie Mike ihn mit seinem Blick durchbohrte, während er gleichzeitig an seinem Red Bull nuckelte.

„Tja, um ehrlich zu sein, fehlt es mir bei den beiden Ladys im Moment an Zeit, da ich ein anderes Projekt am Laufen habe."

„Aha! Ein anderes ‚Projekt' also." Mike sprach es eindeutig abwertend aus, sodass Fabian bewusst war, dass es nicht bei diesem Abschluss des Themas bleiben würde. Er hätte lieber gar nicht davon anfangen sollen …

„Also spuck es schon aus, bevor du platzt, Mike", seufzte Fabian, während er nun genervt die offenen Packungen kübelte und eine der abgelaufenen öffnete und daran roch.

„Hast du ein Foto von ihr?"

Fabian hielt inne und sah zu Mike rüber, der sich gegen die Küchentheke gelehnt hatte und ihn mit verschränkten Armen musterte. Seine sonst gütigen Augen wirkten ernst und seine schmalen Lippen waren zu einer Linie gespannt.

„Nein. Warum sollte ich?"

Schlagartig hob Mike eine Augenbraue, fasste wieder nach der Dose neben sich, um beiläufig einen Schluck zu nehmen.

„Wie lange kennst du sie?"

Fabian wurde unrund: „Seit circa vier Wochen. Soll das ein Verhör werden, oder wie?"

„Ha!" Mit ausgestrecktem Zeigefinger deutete Mike nun auf ihn und zog einen Mundwinkel nach oben. „Dachte ich es mir doch, dass heute etwas anders ist an dir. Wie sollte man es sich sonst erklären, dass du von einem, wie du sagst, Projekt …", Mike zeichnete Krähenfüßchen in die Luft, „… nach bereits vier Wochen keinen Schnappschuss hast? Für gewöhnlich trägst du nach dieser Zeit stolz ein Intimfoto von deiner Eroberung mit dir rum. Sie scheint also entweder ein harter Brocken zu sein, dich ständig abblitzen zu lassen – oder …" Mike grinste und zog das letzte Wort unnötig in die Länge.

„Oder was?!", wurde Fabian genervt lauter.

„Oder du magst die Kleine."

„Ha … ha … ha." Fabian konnte über diese Meldung nur milde lächeln. *Was weiß Mike schon?* „Zu deiner Information: Mirell ist tatsächlich nur ein Projekt und keine Bettgeschichte. Sie dient mir lediglich als Unterstützung in meinem Job, da ich es verdammt verbockt habe und keine Lust habe, es meinem Chef zu beichten." Fabian starrte Mike nun an, dessen Gesichtsausdruck analysierender wurde.

„Mirell also?", zog Mike ihn mit einem Schmunzeln auf und Fabian strich sich unruhig durchs Haar. „Weiß Mirell auch davon, dass sie keine Bettgeschichte ist, sondern nur ein Mittel zum Zweck?"

„Herrgott noch einmal! Sie ist eine erwachsene Frau und kann selbst auf sich aufpassen! Immerhin gehören zum Flirten immer zwei!", fuhr Fabian Mike an und im Wohnzimmer wurde es schlagartig mucksmäuschenstill.

„Und zum Ausnutzen auch?", wollte Mike nun unbeeindruckt wissen.

„Ist alles gut hier drinnen? Euch Streithähne kann man nicht einmal fünf Minuten alleine lassen!", posaunte Pascal plötzlich in die Küche, wobei er den Kopf in den Türrahmen geschoben hatte.

„Alles gut, wir sind hier fertig", gab Fabian grimmig von sich und nahm die Chipstüte mit, jedoch nicht ohne Mike beim Vorbeigehen einen finsteren Blick zu zuwerfen.

Fabian fühlte sich bestätigt, denn es war Freitag und endlich hatte er beiläufig Mirells Handynummer geschickt bekommen. Dabei hatte sie sich seit Sonntag nicht gemeldet. Doch es hatte sich gelohnt, auf seine bereits einsetzende Wirkung auf sie zu vertrauen und abzuwarten. Keine E-Mails, kein Anruf im Büro. Absolut nichts. Und ‚Ta-da!!!' – sie hatte ihm geschrieben, dass sie sich dazu entschlossen hatte, ihm das Bild zu bringen, sollte er wirklich noch Interesse und Freude daran haben.

Fabian hatte sich extra Zeit gelassen und ihr erst fünf Stunden später geantwortet und simpel gefragt, ob sie es heute Abend vorbeibringen wolle. Und als ihre Antwort nur eine Minute darauf gefolgt war, wusste er, dass sie am Handy geklebt haben musste. *Ich habe es einfach drauf!*

Und nun saß er in seinem Wohnzimmer, hatte den Kamin angezündet, die gedimmten Lampen in der Wohnküche eingeschaltet und leise, romantische Musik aufgedreht. Sich die Hände reibend drehte er sich um die eigene Achse. Er überlegte, was er noch für Reize bei Mirell ansprechen könnte und war sich plötzlich nicht mehr sicher, ob es für eine Bildmontage nicht doch einen Tick zu übertrieben war. Denn selbst die warme Kuscheldecke war auf seinem Sofa ausgebreitet und er hatte Romeo eine Weihnachtsmütze aufgezwungen und dafür etliche blutige Schrammen auf dem Handrücken kassiert. Aber es hatte sich gelohnt, denn nun saß der Kater mit mürrischem

Ausdruck in der Ecke, die Wollhaube auf seinem Haupt, und würdigte Fabian keines Blickes.

Zu köstlich! Einmal ist der Nichtsnutz sogar für etwas gut.

Als die Türglocke losging, wunderte sich Fabian nicht schlecht, als er und der Kater zeitgleich zur Tür liefen.

„Was soll das werden, verdammt?", zischte Fabian ihn an, als er den Türgriff betätigte und einen Spalt öffnete. Er erkannte Mirell, die ihn neugierig ansah. „Lässt du mich rein?"

Fabian schob Romeo zur Seite, damit er nicht türmen konnte, denn er war eine schlichte Hauskatze und würde gewiss nicht mehr zurückkommen. Vor allem jetzt, wo er zur Weihnachtskatze verdonnert worden war. Dann schob er rasch die Tür auf, zog Mirell unsanft samt eingepacktem Bild hinein, um sie wieder zu schließen.

„Sorry, aber der Kater treibt mich in den Wahnsinn", erklärte er sein Tun und nahm ihr höflich das Kunstwerk ab. Ihre Augen lagen natürlich auf dem maunzenden Fellknäuel, das sie schlichtweg anhimmelte.

Fabian verstand es einfach nicht. Mike hatte er letztens so fest gebissen, dass sogar Narben zurückgeblieben waren. Selbst wenn er es ihm in diesem Fall nicht verübeln konnte, denn Fabian wollte Mike ebenfalls oft nur eine scheuern.

Kaum hatte Mirell ihren Mantel aufgehängt und die Schuhe ausgezogen, hockte sie sich zu dem Fellhaufen, um ihn mit beiden Händen sanft zu kraulen. Sie formte einen Kussmund beim Sprechen, wie sie es wohl bei Kleinkindern auch praktizierte: „Du bist so ein entzückendes Kerlchen. Und diese Haube steht dir blendend."

Romeo drückte seinen Rücken hoch, um selbst dort liebkost zu werden und Mirell folgte ihm aufs Wort.

Tat sie das bei allen?, motzte Fabian ein klein wenig eifersüchtig in Gedanken. Dann trug er das Bild ins Wohnzimmer, bevor Mirell ihn dabei ertappen konnte, wie er verloren noch auf eine Begrüßung, wie einen Kuss auf die Wange, von ihr wartete.

Als er das mehrteilige Gemälde an das Sofa lehnte und auspackte, hörte er ihre blanken Füße über die Fliesen spazieren. „Ist es nicht etwas zu dunkel, um die Leinwände zu montieren?"

Er wandte sich mit einem Schmunzeln zu ihr und wackelte mit den Augenbrauen. „Sollte eine Montagespezialistin ein Kunstwerk nicht blind aufhängen können?" Fabian gefiel ihr Kleidungsstil. Sie machte auch in engen Jeans und einem bedruckten, dünnen Pulli aus glänzender Wolle eine gute Figur.

Mirell sah ihn belustigt an und blickte sich um. „Es riecht immer sehr gut bei dir. Verwendest du Duftöle?"

„Heißt das etwa, du fühlst dich wohl bei mir?" Fabian kam mit einem Bild auf sie zu und stand nun direkt vor ihr. Er erkannte in ihren Augen, dass er sie nervös machte, wenn er so nahe bei ihr verweilte.

„Irgendwie hörst du stets etwas anderes, als ich gesagt habe, aber egal", tat sie es ab, übernahm das Gemälde und ging die Wände ab. „Wo willst du es denn hinhaben, und bitte sag mir nun nicht mit verruchter Stimme: ‚Ins Schlafzimmer'." Sie hatte doch tatsächlich ihre Tonlage verstellt und die Worte lasziv betont, sodass Fabian schmunzeln musste. „Nein, das erspare ich dir. Ich möchte es im Wohnzimmer haben. Exakt dort drüben." Fabian deutete auf die nackte Wand neben dem Kamin und sah Mirell zufrieden nicken.

„Hast du eine Wasserwaage, einen 8er-Bohrer, die dazu passenden Dübel und Schrauben? Nicht zu vergessen einen Kreuzschraubenzieher, eine kleine Leiter oder etwas zum Draufstellen und zuletzt einen Bleistift?" Mirell klopfte gegen die Mauer, als würde sie am Ton erkennen, ob es sich um eine massive oder aus Rigips gefertigte Mauer handelte. „Ach ja, um unnötigen Dreck zu vermeiden, sollten wir zeitgleich beim Bohren saugen."

Fabian zog eine Grimasse. Er war schon wieder verblüfft. Eine Frau, die sich mit Autos UND mit Werkzeug auskannte. Womöglich sogar besser als er. *Irgendwie unheimlich …*

„Wird erledigt, Fräulein Mirell. Ich hol' gleich alles."

„Der Werkzeugkoffer ist noch gar nicht hier? Ich bin entrüstet", spottete sie und schmunzelte ihn keck an.

„Ich mach' dir einen Kakao und ich verspreche, diesmal ist er umgehend trinkbar."

Mirell konnte nicht anders, als ihm auf den Hintern zu starren. Dafür saß seine Jeans einfach zu perfekt. Fabian hatte sich soeben gegen die Wand gelehnt, mit nach oben gestreckten Armen und bemühte sich darum, die Bilderreihe in einer Linie auf die angebrachten Nägel gerade zu rücken.

„So?", fragte er leicht atemlos und sie fand es süß, dass er, wenn er sich unbeobachtet fühlte und mit Werkzeugen oder

Gegenständen hantierte, die Zungenspitze zwischen die Lippen steckte, um sich besser zu konzentrieren.

„Die linke Ecke etwas weiter nach oben, dann ist es gerade."

Fabian tastete sich millimeterweise an der Wand entlang und wartete offenbar darauf, dass Mirell ‚Stopp' rief. Doch erneut fuhren ihre Augen die Muskelstränge vom Kreuz aufwärts zu den Schultern ab, die in einen flauschigen, blauen Pulli gehüllt waren.

„Immer noch nicht?", holte er sie aus den Gedanken und verrenkte seinen Hals, um zu ihr zu sehen. Mirell wurde aus ihrer Träumerei gerissen, schüttelte ihren Kopf kurz in das Hier und Jetzt und antwortete: „Sorry, doch wieder links etwas nach unten. Dann passt es." Sie hatte ein schlechtes Gewissen, denn er hatte die meiste Arbeit gehabt, obwohl er sich womöglich erhofft hatte, sie würde ihm nun den Po entgegenstrecken und seine Fantasien beflügeln.

Tja, nicht mit mir!, klopfte sie sich stolz auf die Schulter, während sie bereits an ihrem zweiten Kakao nippte, den er heute sogar mit Marshmallows garniert hatte. *So viel Zucker vereint an einem Ort*, sinnierte sie, als ihre Augen wieder an ihm auf und ab zu gleiten begannen. Mirell war sich sicher, Fabian hatte bewusst bei der Montage Zeit geschunden, sich extra ungeschickt gestellt, um sie länger hierbehalten zu können. Immerhin war es bereits spät und stockdunkel draußen.

„Perfekt!", rief sie nun aus, um Fabian nicht länger zu quälen und lockte ihn dadurch runter von der kurzen Leiter, sodass er sich neben sie stellte und sie gemeinsam das Endresultat bewunderten.

„Ich muss gestehen, es sieht atemberaubend an dieser Wand aus. Ich hab' mir einiges erwartet, aber dieses Blattgold, die erhabenen Aufbauten und die Farbverläufe sehen so edel aus, dass ich nun den Preis mehr als nachvollziehen kann. Es steckt sehr viel Liebe und Mühe dahinter", erklärte er zufrieden.

Als er nun bewundernd zu ihr hinabsah und kein einziges Mal zwinkerte, begann es in ihrem Inneren zu kribbeln. Sein betörender Duft drang in ihre Nase und sie war versucht, die Lider zu schließen und tief zu inhalieren.

Warum muss er nur so verflucht lecker riechen? Sie wusste, dass sie nun rasch den Heimweg antreten musste, bevor es ihr womöglich allzu schwer gemacht wurde, noch unangetastet das Haus zu verlassen. Mirell hatte keine Zweifel mehr daran, dass Fabian diese Macht über sie besaß, denn sie war hungrig und sehnsüchtig, egal, was sie ihm vorzumachen versuchte.

„Gewährst du mir ein gemeinsames Foto mit der Künstlerin und ihrem Bild als Erinnerung?"

Mirell war überrascht, und noch bevor sie es verhindern konnte, hatte Fabian bereits sein Handy gezückt, zog sie so an seine Seite, dass er mittels Selfieeinstellung sie beide samt dem Gemälde im Hintergrund ablichten konnte. Knips!

Die warmen Finger an ihrer Hüfte schossen glühende Lava durch ihren Körper und breiteten sich besonders in ihrem Schritt aus, was ein vernünftiges Verhalten in weite Ferne rücken wollte.

„Also, es ist für die Ewigkeit festgehalten", scherzte er, zwinkerte ihr zu und für sie war dies auch gleich ihr Stichwort, bevor ihr Körper sie überstimmte. „Nun gut. Meine Arbeit ist getan, dann werde ich dich in dein verdientes Wochenende entlassen." Sie sah ihn direkt an und drohte, in diesen Augen zu versinken. Ihre Knie versprachen erneut zu versagen und ein hinterhältiger Teil in ihr forderte, dass dieser Mann sie weiter festhielt. So fest, dass sie nie wieder umfallen könnte.

Als sich Mirell von Fabian distanzieren wollte, schnappte er nach ihrem Handgelenk und ließ nicht los. Überrascht blickte sie zu ihm auf und versuchte, sein Vorhaben abzulesen.

„Hast du nicht etwas vergessen?", flüsterte er sanft, sodass dieses Timbre in jeder Faser ihres Körpers nachhallte. Erst jetzt erkannte sie ihre Atemnot, da sie zu flach geatmet hatte und permanent den Bauch einzog. Das Knistern des Kamins im Hintergrund war derart einladend, genau wie Fabians Wärme, die regelrecht zu ihr überschwappte. Dennoch kämpfte sich ein leichtes „Was denn?" aus ihrem Mund.

Fabian griff nach etwas in seiner hinteren Hosentasche und fischte vor ihren Augen ein Bündel Scheine hervor. Er öffnete die mittig geknickten Banknoten, um vor ihren Augen den Betrag von 750 Euro abzuzählen. Dann hielt er ihr das Geld entgegen und ihre Kehle wurde schlagartig trocken.

War es das jetzt etwa endgültig gewesen? Irgendetwas in ihr wurde wehmütig und sie wollte das Geld nicht annehmen, obwohl es die ausgemachte Summe war. Sie legte eine Hand auf die seine, um ihm anzudeuten, dass sie es nicht nehmen wollte.

„Ich fühle mich nicht gut dabei. Lass uns das verschieben", flüsterte sie und genoss diese warme Haut unter ihrer. Eigentlich wollte sie ihre Hand dort nicht mehr wegnehmen.

„Was? Aber das ist doch der vereinbarte Preis für das Bild. Werd nicht komisch", lachte er und drängte ihr die Scheine erneut auf.

„Vielleicht suche ich ja nach einem Vorwand, um dich wiederzusehen", polterte es aus ihr heraus und Mirell hätte sich am liebsten selbst den Mund zugehalten.

Wo ist der verdammte Filter zwischen meinen Ohren geblieben?

„Mmmmhhhh."

Wenn er diesen Ton von sich gab, beschleunigte sich automatisch ihr Puls. Mirell beobachtete, wie Fabian das Geld wieder in seine dunkle Jeans packte und noch näher trat.

„Wenn das so ist, könnte ich dich spontan auf ein Essen einladen. Ich habe eingekauft. Selbst wenn ich glaube, du willst im Grunde genommen etwas … ganz … anderes." Unvorbereitet kam seine Hand dichter heran. Er streichelte mit seinen Fingerspitzen über ihre Wange, sodass ein Stromstoß mitten durch sie hindurchzog und Mirell instinktiv die Lider schloss.

Verflucht, was macht er nur mit mir? Verzweiflung und Verlangen duellierten sich in ihr. Sie versuchte sich einzureden, dass ein harmloses gemeinsames Essen mit Fabian auf so engem Raum kein Problem darstellen könnte. Doch ihr Kopfkino spielte einen komplett anderen … so gemein schmutzigen … anregenden Film. Innerlich fragte sie sich nämlich nur, warum er sich bloß so zurückhielt.

Gerade als sie sich wieder zusammenreißen und ihm antworten wollte, lehnte er sich so dicht an ihr Ohr, dass ihre Wangen sich berührten. Fabian flüsterte ihr etwas zu: „Nachdem du mir letztes Mal verdeutlicht hast, dass du keine Annäherung meinerseits wünschst, werde ich es diesmal lieber dir überlassen, dir zu nehmen, was du willst. Wann immer du es willst. Ich für meinen Teil habe nur einen einzigen Gedanken in diesem Augenblick."

Mirell wollte schon fast betteln, um ihn zu erfahren. Doch mehr als bebende Lippen wurde nicht daraus, da ihr ganzer Körper nach seinen starken Armen verlangte.

„Ich frage mich, ob ich dir soeben einen feuchten Slip beschere."

Mirell stieß abrupt Luft aus ihren Lungen, trat einen Schritt zurück und es war unmöglich, nicht an animalischen Sex mit ihm zu denken. Aber dieses wissende Grinsen vor ihren Augen ließ den inneren Kampf zwischen Vernunft und Gier seinen Höhepunkt finden.

„Ich fass' es nicht, dass du das gerade gesagt hast", rutschte es ihr verzweifelt hinaus. Denn streng genommen war es eine dieser Fantasien, die sie sich immer bei eigenen Streicheleinheiten ausgemalt hatte. Warum musste es ausgerechnet mit ihm und vor allem hier und jetzt geschehen? Die Versuchung war soooooo groß ...

„Was? Zu fragen, ob ich uns etwas zu essen kochen soll?"

Warum stellst du dich nur so prüde an? Nimm dir, was er dir anbietet und gut ist es! Vielleicht bekommst du diese Gelegenheit kein zweites Mal!, brüllte ihr Ego verzweifelt und wollte ihre Beherrschtheit erschüttern, doch Mirell wurde bewusst, dass sie es einfach zu sehr wollte. So sehr, dass es unmöglich in einem Happy End resultieren konnte und es mehr nach einer Prüfung des Schicksals aussah. Und was Prüfungen anbelangte, kannte sie sich eindeutig aus.

14 | Wacklige Entscheidung

Mirell war nach Heulen zumute. Zweimal war sie nahe daran gewesen, sich auf den Fersen umzudrehen, um zurückzugehen, gegen die Tür zu trommeln, und sobald Fabian sie öffnen würde, über ihn herzufallen. Doch in ihrem Kopf formte sich die Frage, was ihr Ziel dabei wäre? Kannte sie Fabian gut genug, um intim mit ihm zu werden und es dann als Nichtigkeit in Vergessenheit geraten zu lassen? War es nicht eher so, dass sie, sollten sich ihre gierigen Finger über seine nackte Haut winden und diese Tatsache lieb gewinnen, süchtig nach mehr wurde? Viel mehr? Mirell machte sich nichts aus One-Night-Stands und war sich auch sicher, dass zu rasche Hingabe final nur dort landen konnte. Denn für gewöhnlich schätzten die Menschen nur, was sie sich schwer erkämpfen mussten. Vor allem Männer wie Fabian, die glaubten, sie könnten jeder Frau einen feuchten Slip bescheren. Und JA! Er hatte verflucht noch einmal recht! Sie konnte ihn auswinden. Und gerade deswegen war sie so verzweifelt, da sie Angst hatte, Fabian würde ohnehin nur eine Eintagsfliege in ihr sehen. Und durch das spießige, keusche Gehabe von eben würde er ihr dieses Angebot ‚wann immer' nicht mehr gönnen. Sie hatte versagt und sich dadurch womöglich den Fick des Jahrhunderts verwehrt!

„Ahhhhhh!!!", brüllte sie in die dunkle Nacht und warmer Dampf stieß aus ihrem Mund. Mit geballten Fäusten lief sie zu ihrem Auto und wäre am liebsten wütend herumgehüpft wie Rumpelstilzchen. Sie konnte nur hoffen, dass Fabian das

Schauspiel nicht durch einen Spalt seiner Vorhänge beobachtete und sich köstlich dabei amüsierte.

„Das klingt sehr verführerisch, Fabian, aber ich befürchte, du hast recht: Ich möchte tatsächlich etwas anderes." Mirell erinnerte sich, das gesagt zu haben, und verfluchte sich dafür.

Was zum Geier soll das nun bedeuten? Geht es noch kryptischer?, fuhr sie sich im Geiste an vor Enttäuschung. Auch ihr Unterleib zog sich kleinlaut zusammen und ließ das Pochen aufgrund der Vorfreude abklingen.

Doch als sie da so mit gekrallten Nägeln am Lenkrad saß und den Motor nicht starten wollte, fing es an zu schneien. Es war so verflucht ruhig, ihr Blick fiel auf die beleuchteten Fenster von Fabian und sie wurde wehmütig. Bevor sie zu flennen begann, fasste sie nach ihrem Handy in ihrer Handtasche und rief Chloe an. Und es war ihr egal, dass es 22:47 Uhr war.

„Mirell? Ist alles in Ordnung?", flüsterte Chloe.

„Nichts ist in Ordnung! Hörst du? Gar nichts! Ich sitze hier wie ein Idiot vor Fabians – also Herrn Schonauers – Haus und hatte Muffensausen."

„Moment mal."

Mirells linkes Knie wippte nervös, sie zog ihren Zeigefinger zwischen die Lippen und begann am Nagelbett zu nagen.

Was treibt sie nur?, ärgerte sich Mirell ungeduldig.

„Sorry, aber du könntest nicht ungünstiger anrufen. Also wirklich! Seit zwei Wochen gehst du mir aus dem Weg und dann muss ich mir mitten in der Nacht dein Jammern anhören!", zickte sie rum. Selbst wenn Mirell es ein klein wenig verstand, brauchte sie JETZT Beistand.

„Es tut mir von Herzen leid."

„Ich bin nicht allein, falls du verstehst und du versaust es gehörig!"

Mirell schloss die Augen und es formten sich Bilder im Kopf, die ihr gerade noch gefehlt hatten. Chloe würde Sex haben und sie durch ihre Dummheit nicht.

„Okay. Dann störe ich euch Turteltauben lieber nicht weiter. Sorry, Chloe, es tut mir wirklich leid." Selbst wenn sie es nur halbherzig sagen konnte, war es ernst gemeint.

„Schon gut, ein paar Minuten gebe ich dir. Denn immerhin muss ich was verpasst haben. Du nennst ihn nun schon Fabian UND du kennst sein Haus?" Ihr Erstaunen war nicht zu überhören. „Und bitte weih mich ein, bevor ich platze: WOVOR genau hattest du Muffensausen?"

Gute Frage, nächste Frage. „Gelinde gesagt hat er es mir freigestellt, mir an die Wäsche zu gehen, doch ich bekam Schnappatmung und bin geflüchtet. Und nun könnte ich mich dafür selbst ohrfeigen." Vor Wut bekam Mirell gerade feuchte Augen, denn sie bereute es zutiefst und hoffte, Chloe würde ihr etwas Freundschaftliches sagen, das ihr half, es sportlich zu nehmen und gelassen nach Hause zu fahren.

„Bist du von allen guten Geistern verlassen?! Wie blöd kann man nur sein? Weißt du, wie viele Frauen da draußen von solch einem Abenteuer nur träumen können? Zumal den meisten so etwas NIE passiert und sie daher gezwungen sind, sich mit Schundheftchen ins Schlafzimmer zu verziehen, es sich dann selbst zu besorgen und anschließend in den Schlaf zu weinen?"

Mirell war fassungslos. Diese Predigt half ihr kein bisschen weiter. „Übertreib mal nicht!", schimpfte sie.

„Nein, es ist mein Ernst! Und komm mir nun nicht mit dem romantischen Gefasel, du hättest gerne etwas Beständiges. Das wollen wir doch alle, da gehören jedoch immer zwei dazu und man kann es nicht erzwingen."

„Aber sich so schnell flachlegen zu lassen, zeugt nicht geradezu davon, dass man eine Frau ist, mit der man alt werden möchte. Ich will nicht als leicht zu haben oder als Flittchen dastehen!", verteidigte Mirell sich und ärgerte sich bereits über die dumme Idee, bei Chloe durchgeläutet zu haben.

„Du wirst es nicht glauben, aber wo die Liebe hinfällt, wird auch aus einem raschen Betthupferl eine Ehe. Heute ist das nicht mehr so und manipulieren und planen lässt sich so was ohnehin nicht! Aber vor allem … vor ein paar Wochen war der Job noch dein Argument und anstatt nun einen kurzen Spaß zu riskieren, tüftelst du gleich an einer ganzen Beziehung? Du springst von einem Extrem ins andere, mein Fräulein! So, und ich hoffe, das hat dir jetzt weitergeholfen, denn geschickte Finger fragen gerade nach mir. Ciao!"

„Ciao", flüsterte Mirell ins abgewürgte Handy und sie musste erneut traurig zu den beleuchteten Fenstern hinübersehen.

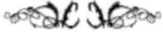

Fabian ging der Abend nicht mehr aus dem Sinn. Er war so siegessicher gewesen und hatte sich selbst so zusammenreißen müssen, um Mirell nicht heranzuziehen und ihr zu beweisen, dass sie für ihn brannte. Doch dass sie kalte Füße bekommen sollte, hätte er ihr nie zugetraut. Es lag diesmal nicht daran, dass sie die Unnahbare und Dominante spielen wollte. Mittlerweile wusste er genau, dass diese Fassade nur Schall und Rauch war. Sie schien wahrhaftig Gefühle für ihn zu entwickeln und er hätte einer erfahrenen Frau zugemutet, mehr Kontrolle über sich zu bewahren. Aber … irgendwie ging es ihm nahe, denn auf die eine oder andere Art mochte er sie und wollte nicht mit ihr spielen. Mit einem Mal war das Interesse an ihr dahin gehend geweckt, dass ihm auffiel, dass er von ihr eigentlich kaum etwas Persönliches wusste. Er war immer davon ausgegangen, dass sie Single war. Er hatte sich nie über ihre Familie erkundigt, ob sie Geschwister hatte, oder was – neben den Autos, dem Malen und Badminton – ihre Hobbys waren. In aller Fairness konterte er, dass auch sie ihn in diese Richtung nicht interviewt hatte, doch hatte er ihr eine Chance dazu gegeben? Eine reelle Chance, ihn kennenzulernen?

Fabian spielte mit seinem Kugelschreiber und lauschte Torstens hektischem Tippen am Computer. Was hatte sie nur damit gemeint: ‚Ich möchte tatsächlich etwas anderes?‘ Es ließ ihm keine Ruhe.

Plötzlich ging die Bürotür auf und Kollege Detlef stand im Türrahmen. „Hey! Ist der Boss heute nicht da?"

Torsten antwortete, jedoch ohne seinen Blick vom Bildschirm abzuwenden: „Der hat Zeitausgleich. Warum fragst du?"

„Ach, nur so. Es ist ein großes Kuvert vom Rechnungshof für ihn angekommen. Aber egal. Es wird schon nicht dringend sein." Mit diesen Worten verließ er das Büro, und nur noch seine quietschenden Sohlen waren zu hören.

Fabian riss die Augen auf und starrte zu Torsten. Dieser sah ihn nun ebenfalls skeptisch an. Unisono riefen sie: „Das ist der Bericht zu den Schadensfällen!"

Fabian sprang hektisch auf und wollte zur Tür eilen, als ihn Torsten aufhielt. „Bist du komplett irre? Wie sieht das wohl aus, wenn du die Sekretärin darum anbettelst, einen Blick in den Umschlag werfen zu dürfen?"

Fabian raufte sich das Haar. „Okay, was schlägst du vor?"

„Ganz einfach: Wir schleichen uns ins Büro, wenn sie Mittagessen geht, öffnen vorsichtig das Kuvert, lesen den Inhalt durch und legen es dann wieder zurück. Basta!"

„Wir also?", fragte Fabian belustigt und Torsten hob die Schultern. „Was denkst du denn?"

⋘✣✣⋙

Während Torsten draußen Schmiere stand, schlich sich Fabian zum Schreibtisch der Sekretärin. Warum er dies tat, war ihm selbst schleierhaft, da sonst keiner hier war, und wenn einer reinplatzen würde, würde sein Dahinkriechen ohnehin auffälliger erscheinen als ein breiter Stand und desinteressierter Blick.

Fabians Finger glitten geschickt durch die Ablage, an der in kleinen Buchstaben ‚Posteingang' stand, und fanden sofort das dicke Kuvert. Vorsichtig zog er an der schlecht verklebten Lasche und löste sie. Er kam nicht darum herum, die Luft dabei anzuhalten, so nervös war er. Doch kaum war es offen, wurden seine Finger gierig. Fabian zog drei ausgedruckte Exemplare des gefürchteten Berichtes heraus, auf denen quer ENTWURF als Wasserzeichen stand. Gezielt blätterte er zu Seite 21, die ihm negativ in Erinnerung geblieben war, und er hoffte inständig, dass die Überarbeitung letztendlich noch zu seinen Gunsten geendet hätte. Doch weit gefehlt. Obwohl der Report insgesamt um vier Seiten gekürzt worden war, befand sich auf Seite 20 exakt der verhasste Satz, den er bereits Mirell nach der Besprechung ungläubig unter die Nase gerieben hatte. Es war unmöglich für ihn, nicht an dem Passus ‚mangelnder Sorgfalt‘ hängen zu bleiben.

Er stieß die angestaute Luft aus seinen Lungen und hatte nur noch das Bedürfnis, sich zu setzen. Schwermütig stopfte er die Exemplare wieder in das dicke Kuvert und rekapitulierte. Sein Chef hatte ihn nicht gelesen, aber für eine Änderung durch Mirell war der Zug längst abgefahren. Bisher konnte er ihr keine Korruption anhängen. Sie wollte kein Geld für das Bild haben und er musste sich auch eingestehen, dass ein gemeinsames Foto allein noch nicht ausreichte, um ihr Befangenheit zu unterstellen. Aber … wollte er das überhaupt? Sie hatte nur ihre Arbeit getan und sie dafür zu bestrafen oder ihr Werk zu verunglimpfen, war das in Ordnung?

Was wird das jetzt? Bekommst du plötzlich Skrupel? Es geht hier um deine Stelle als Stellvertreter, was automatisch einer Gehalts-erhöhung gleichkommt!, versuchte er sich einzureden, doch es beruhigte ihn nicht. Gab es nicht eine andere Möglichkeit?

Als auf einmal die Tür aufging und Torstens Kopf erschien, flüsterte er: „Wie lange dauert das eigentlich?"

„Ich komme schon", erklärte Fabian missmutig, denn ihm gefiel nicht, was sein Gehirn ihm gerade vorschlug.

15 | Flirt mit dem Supermacho

„Jetzt stell dich nicht so an. Übernimm du die Initiative! Ruf. Ihn. An!", forderte Chloe eisern und hielt Mirell ihr Handy entgegen. „Ich kann das nicht länger mit ansehen. Das ist ja zum Fremdschämen! In vielerlei Hinsicht bist du abgeklärt, weit vorausschauend und behältst einen kühlen Verstand. Aber was Herzensangelegenheiten angeht, benimmst du dich wie ein Frischling", blaffte sie ihre Kollegin an und Mirell wusste nichts zu ihrer Verteidigung zu sagen, außer: „Ich dachte, ich solle realistisch bleiben und mir keine Beziehung ausmalen!"

„Na ja, wie auch immer. Ruf ihn jetzt an. Eher geh' ich nicht von hier weg."

Mirell prustete laut und wiegelte den Kopf. Womöglich musste sie tatsächlich zu ihrem Glück gezwungen werden. Da läutete auf einmal wie aus heiterem Himmel ihr Handy. Chloe und sie selbst starrten auf den Namen am Display – wenn das nicht Schicksal war. Es war Fabian.

„So, und mach mir keine Schande! Immerhin hast du mir in den Ohren gelegen, einen Fehler begangen zu haben, also enttäusch uns beide nicht noch mal. Und fürs Protokoll: Ich will nachher alle schmutzigen Einzelheiten hören!" Chloe zwinkerte ihr zu und verließ still ihr Büro, indes Mirells Herz bis zur Kehle klopfte. Sie nahm das Gespräch an: „Hey", hauchte sie verlegen und kam sich schon jetzt absolut unfähig vor. Nervös schnappte sie nach dem erstbesten Gegenstand, der ihr in die Finger kam, um den Druck umzuleiten. Sie knetete und quetschte ihren Radiergummi brutal, während sie auf seine Stimme wartete.

„Hey, störe ich gerade?"

Mirell schüttelte den Kopf, bis ihr bewusst wurde, dass er sie nicht sehen konnte. „Nein, ich kann frei reden. Was gibt es?"

Geht es noch geschäftlicher? Mirell schlug sich halbherzig selbst ins Gesicht, weil sie sich albern benahm. Er war ein stinknormaler Mann! Was sollte schon schiefgehen? Sie machte dies immerhin nicht zum ersten Mal, aber warum fiel ihr sogar ein simples Telefongespräch mit ihm so schwer?

„Ähm. Da du letztens so schnell hinausgerauscht bist, war ich mir nicht sicher, aber versuchen muss ich es einfach."

Um Himmels willen, was? Mirell presste den Radiergummi nun so fest auf den Schreibtisch, dass ihre Fingerknochen feuerrot anliefen. „Was musst du versuchen?"

„Na ja, da du offenbar meinen Kochkünsten nicht traust, wollte ich dir anbieten, nach der Arbeit zum Italiener bei deinem Büro ums Eck zu gehen. Ich würde extra vorbeikommen, denn mit Spaghetti oder Pizza kann man bekanntlich nicht viel falsch machen. Wenn deine Flucht aber angedeutet hat, dass du eher deine Ruhe vor mir ..."

„Gerne!", platzte es aus ihr heraus und der Radiergummi sprang in hohem Bogen außer Reichweite. *Mist!*

Mirell schloss die Augen und hatte sein Gesicht vor sich. Sie malte sich aus, wie Fabian nun wieder dieses verflucht heiße Grinsen aufsetzte, da er sich so sicher gewesen war.

„Ich würde mich freuen, mit dir essen zu gehen, Fabian. Wir können uns aber auch gerne in einem Restaurant verabreden, das mittig zwischen unseren Arbeitsstätten gelegen ist. Das macht mir nichts aus." Mirell verknotete nervös ihre Finger ineinander und lauschte.

„Verabredung also ...", zog er sie schon wieder auf, sodass sie schmunzeln musste.

„Nein. Ich komme selbstverständlich zu dir. Um welche Zeit wäre es dir denn recht? Dann werde ich dich abholen. Wenn es dir allerdings unangenehm ist, mit mir vor deiner Arbeitsstelle gesehen zu werden, können wir uns auch direkt vor Ort treffen."

Da sieh an! Mirell war überrascht. Plötzlich bekam er Taktgefühl?

„Das geht schon in Ordnung. Dann sagen wir 17:30 Uhr unten vor dem Amt?"

„Ich könnte auch raufkommen, wenn du mich lässt."

„Mach dir keine Umstände. Ich freue mich! Bis später!", gluckste sie beinahe vor Freude und konnte es kaum abwarten, aufzulegen, um breit grinsend zu Chloe zu laufen und ihr die Neuigkeiten zu erzählen.

„Ich freue mich ebenfalls", erwiderte er und ließ Mirell den Abend nun sehnlichst herbeiwünschen.

⁂

Mirell war verunsichert. Wenn sie vorher gewusst hätte, dass sie ihn heute sehen würde, hätte sie sich ihr Haar frisch gewaschen, morgens ein anderes Outfit gewählt, eines, das ausnahmsweise ihn mal nervös machte, und besseres Make-up aufgetragen. So musste er nun mit einem schwarzen Stiftrock und einer hellblauen Bluse vorliebnehmen.

Bereits um 17:10 Uhr war sie mit Chloe in den Damentoiletten verschwunden, um zu diskutieren, wie sie ihr Haar besser zur Geltung brachte, und ob sie Lippenstift auftragen sollte. Einerseits war diese Situation so aufregend, dass ihr ganzer Körper vibrierte. Es war wie ein Cocktail aus Emotionen, der sie schwindelig machte und ihren Magen verknotete, bis ihr sogar schlecht war. Andererseits musste sie zugeben, dieses berauschende Gefühl war schön, da sie sich wieder an ihre Teenagerzeit zurückbesann.

Manche Dinge ändern sich wohl nie ... Mirell konnte nur hoffen, sollte der tiefe Fall nach ‚himmelhoch jauchzend‘ eintreten, dass es nicht allzu desillusionierend und schmerzhaft für sie enden würde.

Bereits als sie Fabian mit leuchtenden Augen vor dem Bürogebäude auf sie zukommen sah, wurden ihre Knie wieder weich. Sie freute sich unheimlich, dass der letzte Sonntag schlussendlich keinen Riegel vorgeschoben hatte. Denn sie hätte es sich lange nicht verziehen, solch eine Chance verstreichen haben zu lassen.

„Hey, wie war dein Tag?“, wollte er wissen, als würde er ihr diese Frage jeden Abend stellen.

„Ich muss gestehen, nach deinem Anruf habe ich alles vergessen“, gluckste Mirell überdreht. So viel zur Wahrheit, aber Fabian lächelte nur und zog sie damit nicht auf. Zum Glück.

Wie selbstverständlich ließ er sie bei seinem Arm einfädeln und sie lehnte sich diesmal dicht an ihn, um jede seiner Bewegungen aufzufangen und diese Nähe tat einfach gut.

„Und bei dir?", wollte sie wissen und erhielt ein simples: „Sehr ruhig." Doch er strahlte sie an und es fiel ihr schwer, zwischendurch nach vorne auf die Straße zu blicken. Zu gerne hätte sie seine Gedanken gelesen. Stattdessen konnte sie ihn nur doof ansehen, weil sie nicht fassen konnte, dass sie tatsächlich zusammen essen gingen. Aller Widrigkeiten zum Trotz.

Nur ein paar Meter entfernt betraten sie das Restaurant und machten es sich in einer intimen Ecke gemütlich. Dicke, rote Samtvorhänge waren teilweise zwischen den Sitzbereichen montiert, sodass ein sehr privates Flair erzeugt wurde.

Die Getränke und das Essen waren bestellt und eine unangenehme Stille kehrte ein, als wüssten beide nichts zur Überbrückung, bis Mirell das Eis brach. „Wie kommt es nur, dass du so eine Abneigung deinem Kater gegenüber hegst? Ich hatte fast den Eindruck, du hasst ihn." Sie lächelte ihn an, während ihre Finger nervös mit der Stoffserviette spielten. Eine Wachskerze stand als einzige Beleuchtung zwischen ihnen und die florale Tischdecke wirkte sehr mediterran.

„Ich hasse ihn nicht, ich kann ihn nur nicht ausstehen", erklärte er ihr mit einem Lächeln und hatte weniger Probleme damit, seine Augen nicht von ihr zu lassen.

„Das ist natürlich ein wesentlicher Unterschied", zog sie Fabian auf. „Aber mal ehrlich. Wie kommt das?"

Bei dieser Frage wurde sein Ausdruck neutraler und er blickte auf das Tischtuch. Er atmete tief ein und aus. „Na ja, es liegt wohl daran, dass es ursprünglich der Kater meiner Ex war. Sie hat sich so sehnlichst eine Katze gewünscht, dass ich ihr diesen Traum erfüllen wollte."

Er schien zu zögern. Offenbar war es ein Thema, das ihm sehr naheging. Womöglich hegte er sogar noch Gefühle für sie und Mirell bohrte bereits mit der ersten Frage in tiefen Wunden.

„Es tut mir leid. Du musst nicht weiterreden, wenn es dir unangenehm ist", griff sie verständnisvoll ein. Sie legte ihre Hand auf seine Rechte, die ruhig auf dem Tisch platziert war. Bei dieser Berührung blickte er sofort auf. „Kein Problem. Ich bin darüber hinweg. Es hat einfach nicht geklappt zwischen uns und scheinbar war ihr Romeo doch nicht so wichtig gewesen. Ansonsten hätte sie ihn nicht so desinteressiert zurückgelassen, sodass er meine Antipathie ihm gegenüber jeden Tag aufgedrückt bekommt." Ein Hauch von Sarkasmus strömte durch die Worte, was Mirell bestätigte, dass er sich selbst belog und eigentlich kein Gras darüber gewachsen war. Aber das machte nichts. Jeder da draußen hatte seinen ganz persönlichen Ballast herumzuschleppen. Auch sie war davor nicht gefeit.

Verunsichert wollte sie ihre Hand wieder wegnehmen, doch er rutschte nach, um seine auf die ihre zu legen, um rhythmisch mit dem Daumen über ihre Haut zu streichen. Wie hypnotisiert starrte Mirell auf diese Geste und genoss sie.

„Ich habe dich nie gefragt, ob du in festen Händen bist. Mein Ego hat das vernachlässigt", witzelte er keck und zwinkerte ihr zu. „Aber so ein korrektes Fräulein wie du würde es nie gestatten, dass ich ihr so nahe komme, dass sie mich verprügeln muss, wenn es so wäre."

Mirell blinzelte ihn gespielt böse an, musste aber in der nächsten Sekunde lachen. „Gute Beobachtungsgabe. Nein, jeder der flüchten konnte, hat es rechtzeitig getan."

Fabian grinste sie an, da ihr Versuch, sich selbst schlecht zu machen, bei ihm nicht durchging. „Selbstironie hast du nicht nötig", flüsterte er nun und wurde ernst. „Vielleicht sollte ich dir deine nächste Frage abnehmen."

Mirell sah ihn nachdenklich an und nickte. „Und die wäre?"

Das flackernde Kerzenlicht tanzte über sein Antlitz, als er sich näher zu ihr lehnte. „Du willst wissen, was meine Absichten in Bezug auf dich sind."

Mirell biss sich auf die Unterlippe, da sie wieder hibbelig wurde, was seine warme Hand auf ihrer und dieser eindringliche Blick noch verstärkten.

„Tja, meine Trophäensammlung ist ausgelastet, und da du dich als sehr spezielle Frau herausstellst, dachte ich mir, ich möchte dir eine Chance geben, dich mir besser vorzustellen." Ein schelmisches Grinsen entstand und sie hätte es ihm gerne ausgetrieben, doch sie konnte es nicht tun. Denn wie gebannt musste sie auf die leicht geöffneten Lippen starren, auf diese unerbittlichen Augen und diesen Ausdruck, als würde er sie gerne mit Haut und Haaren verspeisen …

16 | Verbotener Pfad

eit waren sie nicht gekommen. Bis auf einen Aperitif hatten sie nichts zu sich genommen, denn Fabian hatte ihr so lange schöne Augen gemacht, bis ihr ganzer Körper um Gnade gewinselt hatte. Sie hatte einfach nicht mehr gekonnt. Ihr Blick sprach Bände, sodass sich beide einig waren, rasch zu gehen, ohne es laut ausgesprochen zu haben.

Wie ferngesteuert hatte Mirell wahrgenommen, dass er ein Taxi für sie beide bestellen wollte. Dieser andere Hunger war zu groß geworden, um länger zu warten. Und als Fabian ankündigte, er würde sie bei ihr daheim nicht aussteigen lassen, war ein heißer Strom der Erwartung über ihren Hals geglitten.

Mirell hatte es geradezu eilig, denn sie musste noch ihren Laptop aus dem Büro mitnehmen und Fabian quittierte dies, da es ihm gelegen kam und er noch gerne die Toilette im Amt benutzen wollte.

Der Aufzug konnte nicht rasch genug aufsteigen und obwohl Fabian sie magisch anzog, hielt sie penibel Sicherheitsabstand zu ihm. Einerseits war es unmöglich, seinen heißen Blicken standzuhalten, andererseits konnte sie auch nicht wegsehen. Eine Spannung hing in der Luft, die drohte, sich im Aufzug zu entzünden. Ihre Gedanken drehten sich unentwegt um Fantasien, es sofort hier im Lift mit ihm zu treiben, egal wie animalisch, schmutzig oder verwerflich es auch sein möge. Zu gut konnte sie bereits feuchte Schlieren an dem riesigen Spiegel erkennen, der an der Wand des Aufzuges entlanggezogen war.

Doch sie wollte es hinauszögern, es vollends auskosten und womöglich wäre dies in einem Bett besser umsetzbar.

Mirells Atem ging schnell, ihr Herz klopfte zu fest gegen ihre Brust und ihre Finger trommelten nervös gegen die Fahrkabine, als Fabian sich näherte, die Arme neben ihr anlehnte, um sie dazwischen einzufangen. Er hielt sein Versprechen, nicht den ersten Schritt zu wagen, doch sein Gesicht kam so weit an ihres, dass sein Atem auf ihren glühenden Wangen tanzte. Sie roch sein Parfüm, den lieblichen Wein, den er getrunken hatte, und als er sich seine Lippen so verflucht sexy benetzte, hasste sie es, wie er sie auf die Probe stellte.

„Vierter Stock", raunte die Aufzugsstimme und die Tür öffnete sich. Das war's! Sie konnte nicht länger warten! Mirell schlüpfte unter seinen Armen hindurch, packte Fabian bei der Hand, um zur gesicherten Glastür zu gelangen. Völlig überdreht gab sie den Code falsch ein und musste es ein zweites Mal langsamer versuchen.

Als die Tür endlich den Ton zum Öffnen erklingen ließ, zog sie sie schwunghaft auf, lief weiter zu ihrer Bürotür und nutzte ihren Transponder, um sie zu öffnen. Es war beinahe stockdunkel und wie ausgestorben, da nach 19:30 Uhr keine Menschenseele mehr da war. *Jetzt oder nie!*

Als Fabian erkennen musste, dass Mirell die Zügel übernahm, war er überrascht, wie fordernd sie sein konnte. Entweder seine Vorarbeit hatte sie so scharf gemacht oder ihr physischer Hunger war schon viel zu lange nicht mehr von einem Mann gestillt worden. Sie presste ihn gegen die Wand, pfiff darauf, die Tür zu schließen und küsste ihn. Als er Mirell endlich kostete, brannte eine Sicherung bei ihm durch. Sie war pure Leidenschaft, ihre Lippen waren so weich, unnachgiebig und sie schmeckte so atemberaubend süß, dass es ihm den Verstand raubte.

Fabian wollte die Kontrolle behalten, sich nicht verlieren, als sie anfing, seinen Mantel abzustreifen und sich an ihm zu reiben. Ein zartes Seufzen entfloh ihr, als wäre es solch eine Erlösung, sich ihm hinzugeben. Ihre Finger hatten nun auch ihren Reißverschluss gelöst und sie schmiss die Jacke wie ein verhasstes Utensil beiseite. Fabian packte augenblicklich nach ihr, ließ eine Hand über ihren Rücken, ihr Kreuz entlang, gleiten, um dann ihren Hintern zu fassen und ihre Hüfte fest gegen sich zu drücken. Mit der anderen fuhr er in ihr weiches Haar, das so verführerisch duftete, und streichelte ihr über das Genick, was ihr ein sinnliches Stöhnen entlockte.

Verflucht, war es sexy, dass sie so unbefangen war und sich gehen ließ. Seine Erektion war nicht mehr zu leugnen, doch Mirell wurde dadurch so angestachelt, dass sie ihm schamlos in den Schritt fasste. Ein Stromstoß stieg ihm zu Kopf und er musste sich drosseln, um nicht zu früh zu kommen.

„Verdammt, fühlt sich das gut an!", kam es erleichtert von ihr, als wäre es der süße Triumph, über ihre Beherrschtheit gesiegt zu haben und die verbotenen Früchte schlussendlich zu testen. Und Fabian kostete jede Sekunde voll aus. Er tastete nach dem Saum ihres Rockes und zerrte ihn ohne zu zögern nach oben, während Mirell sich an seinen Knöpfen am Hemd fast die Finger brach. Beide sahen sich lustverhangen an. Der Lippenstift war verwischt, ihre Augen zogen ihn aus und es törnte ihn unheimlich an. Niemals hätte er es für möglich gehalten, dass sie ihn so aus dem Konzept bringen könnte. Dass sie seine Welt aus den Fugen heben würde und er augenblicklich vergaß, was er eigentlich gewollt oder geplant hatte.

Als Mirell keine Nerven mehr für seine Knöpfe hatte, musste er erschrocken feststellen, dass sie solch eine Energie entwickelte, dass sie mit einem ‚Ratsch' die sich weigernden letzten Verschlüsse einfach abriss. Nur am Rande waren die kullernden Dinger am Boden zu hören. Sie wartete einen Protest von ihm ab, doch Fabian fand diesen animalischen Touch so heiß, dass er sie nur heranziehen und ihr einen intensiven Zungenkuss als Antwort spendieren konnte.

Mirell hatte sich verloren in diesem überwältigenden Prickeln auf ihrer Haut, in ihrem Mund und diesem Vibrieren vor Hunger, das sich durch ihren gesamten Körper zog. Sie wollte mehr. Viel mehr! Und sie klinkte alles um sich herum aus. Denn seine Küsse zogen sie in einen Bann aus Lust und in diesem Augenblick hätte sie alles dafür getan, von ihm begehrt und genommen zu werden. Sie wollte sich in seinem Geruch wälzen, seine Finger auf und in sich wissen – und diese Zunge ebenso.

Mirell tat sich schwer, ihre Hände unter Kontrolle zu bringen, um zumindest seinen Reißverschluss nicht ebenfalls zu demolieren, als Fabian alles nicht schnell genug ging, er sie an der Hüfte hochhob, um sie zum Schreibtisch zu tragen. Schwungvoll setzte er ihren Po direkt an der Tischkante ab. Dann trat er einen Schritt zurück, sein Haar war zerwühlt, was ihn verwegen aussehen ließ, seine Lippen waren voll von ihrem Make-up und es fühlte sich gut an, als hätte sie ihn für sich markiert. Er war ihr Eigentum. Ihres allein!

Als er vor ihr seine Jeans samt den Shorts auszog, musste sie sich auf die Unterlippe beißen, weil ihr gefiel, was sie sah. Seine Erektion deutete direkt auf sein Ziel und Mirell spürte, wie feucht sie wurde, als dieser nun komplett nackte Körper vor ihr stand. Sie verfluchte beinahe, dass nur das Straßenlicht ins Zimmer fiel, doch so konnten zumindest ihre physischen Baustellen kaschiert werden. Als Fabian nun wieder an sie herantrat und seinerseits vor ihrer Strumpfhose nicht haltmachte, wollte sie ihn vorwarnen ... aber er schien Erfahrung damit zu haben, da er an ihr vorbei zur Schere in ihrem Stifthalter fasste und den Nylonstoff am Oberschenkel hochzog, um ein großes Loch hineinzuschneiden.

Mirell sprang der Kiefer auf, als Fabian die Schere achtlos wegschleuderte und mit beiden Händen in das Loch fuhr, um die Strumpfhose mit voller Gewalt aufzureißen. Nur zwei Sekunden später war sie sie los.

Gott ist das heiß!

Dann hielt er inne und blickte sie auf eine Art und Weise an, die sie nicht deuten konnte. Die Lichtverhältnisse ließen es nur schwer zu, doch er wurde zärtlicher, strich ihr über die Wange, ließ seine Finger über ihr Kinn hinab über den Hals zum Blusenansatz gleiten. Anschließend setzte er beide Hände an, um diese Knopf für Knopf zu öffnen und ihr aus dem störenden Stoff zu helfen. Mirell blieb nicht verborgen, wie sein Glied zu zucken begann, als ihre schwarze Spitzenunterwäsche zutage befördert wurde.

„Du bist atemberaubend", flüsterte er und ihre Augen wurden glasig. Sie konnte sich nichts Schöneres aus seinem Munde vorstellen. Während sie seine Lippen suchte, massierte er über ihre Brüste und es war sogar durch den Stoff hindurch zu erkennen, wie erregt ihre Nippel waren. Aber seine Geduld währte nicht lange, als er mit seinen Küssen an ihrem Hals fortfuhr und geschickt den Verschluss ihres BHs im Rücken löste. Seine warmen, fordernden Hände packten fester zu, als sie es gewohnt war, doch sie ließ es zu. Zu schön war das Gefühl, ihn dazu zu verleiten, die Beherrschung zu verlieren.

Mirell tat es ihm gleich, krallte sich in seine Schultern, um ihn näher bei sich zu spüren. Eine Hand ließ sie nach vorne zwischen seine Beine gleiten, um sein Glied zuerst vorsichtig zu streicheln. Doch als sie erkannte, wie er sie nun gierig zu sich presste, leitete sie zu einer stärkeren Stimulation über. Fabians Atem wurde schneller und lauter, was sie um den Verstand brachte.

„Bitte, Fabian … ich will dich in mir spüren", hauchte sie ihm ins Ohr und es zog sofort. Er hatte keine Geduld mehr, ihr den String auszuziehen und schob ihn mit seinen Fingern deshalb einfach zur Seite. Nicht aber ohne zu testen, wie feucht ihre

Mitte war. Als sein Zeigefinger ihre Klitoris reizte, musste sie aufstöhnen. Es fühlte sich so intensiv an, dass sich selbst ihre Zehen verkrampften. Sie konnte nicht damit rechnen, dass ihn seine Ungeduld dazu verleitete, den Finger sogar in einem Zug in ihr zu versenken. Mirell musste dem ansteigenden Druck in sich Ausdruck verleihen, indem sie Fabian fest in die Schulter biss.

„Ahhh!", entfuhr es ihm, er zog den Finger heraus, drückte sie jedoch nun fester gegen seine Erektion, sodass Mirell es nicht mehr aushielt und seinem Schwanz zeigte, wo er hingehörte.

Als Fabian zustieß, war der süße Schmerz so überwältigend, dass sie sich nur noch an seinem breiten und von Schweiß gezeichneten Rücken festklammern konnte.

„Oh mein Gott! Bitte hör nicht auf!", schrie sie, als er sich gerade aus ihr zurückzog, nur um sich erneut in ihr zu vergraben und dadurch ein Beben durch ihren Körper zu senden.

„Ja, nimm mich!", trieb sie Fabian weiter, küsste seine verhärtete Brust und schmeckte dabei das Salz auf seiner Haut. Dieses Prachtexemplar von Mann war die pure Versuchung und wohl auch die härteste Droge, die sie sich hätte aussuchen können. Seine Hände gruben sich tief in ihre Oberschenkel, als er sie immer fester und fester rammte und sogar der Tisch unter ihr zu verrutschen begann. Die Stifte, die Unterlagen verteilten sich mit jedem Stoß weiter über den Tisch, während Mirells Nägel sich energischer in sein Fleisch bohrten. Eine Hand ließ sie nun auf seinen Hintern gleiten, da sie das schon so lange ersehnt hatte und nicht enttäuscht wurde, als sie die

Muskelkontraktionen unter der weichen, glatten Haut fühlte, als er es ihr besorgte. Ihr war zum Heulen zumute, als ihr Orgasmus sich näherte und ihr zu Kopf stieg. Eine Gänsehaut zog über ihren Körper, als Fabian in ein lautes Keuchen überging, das zu einem Stöhnen anwuchs. Es klang so sexy und war episch, Teil dieser Geschichte zu sein. Ihn in diese Ektase zu bringen. Mirell ließ sich fallen, als ihr Körper zu beben begann, ihre Scheide sich um sein Glied verkrampfte und sie den bereits brutalen Griff an ihren Hüften nicht mehr fühlen konnte. Viel zu intensiv war das Glücksgefühl, das in ihr aufstieg und ihr Tränen über die Wangen beförderte.

Mit einem letzten festen Stoß kam auch Fabian und Mirell genoss den Augenblick. Sie bildete sich sogar ein, zu spüren, wie die warme Flüssigkeit sich in ihr entlud. Nur langsam ließ Fabian von ihrer Hüfte ab, um sie zu umarmen und sie nicht mehr loszulassen. Sein heißer, unregelmäßiger Atem strich über ihre Haut und Mirell inhalierte seinen Körperduft, weil sie ihn verinnerlichen wollte. Zärtlich streichelten seine Finger nun über ihren Rücken und Mirell wurde gewahr, wie ihrer beider Schweiß sich zwischen ihren Brüsten vereinte und ihr den Bauch hinablief, bis in den Schoß, der aufgrund der vorangegangenen Ekstase ungezügelt pochte.

„Was verflucht noch einmal war das?", flüsterte er und Mirell konnte als Antwort nur ihre Arme um seinen Hals legen und ihn liebevoll küssen.

17 | Gekappte Gefühle

Fabian mochte das Gefühl, so eng umschlungen mit ihr zu sein. Sie spazierten in der dunklen Nacht ihrer Wohnung entgegen und ein Sternenmeer thronte hoch über ihnen. Der Asphalt war feucht, da die kleinen Schneeflocken sich zwar hinsetzten, sich aber nicht zu weißer Pracht überreden lassen wollten. Und diese unsagbare Stille wurde nur durch ihre Schritte auf dem gestreuten Kies durchbrochen. Irgendwie hätte man es als Romantik pur erklären können, da die Weihnachtsbeleuchtung an den Zäunen und Dächern wundervolle städtische Bilder erwecken ließ.

Der Geschmack ihrer Lippen und ihrer Haut lag auf Fabians Zungenspitze und der Geruch, den Mirell ausdünstete, wenn sich ihr Körper in Ekstase befand, hatte sich in seine Erinnerung eingebrannt. Vor allem hatte er noch nie erlebt, wie der Körper einer Frau – wie sanft durch Strom getrieben – bis in die kleinsten Fasern wellenartig zu zucken begann. Mirells Leib war nach dem Orgasmus so empfindlich gewesen, dass selbst leichte Berührungen erneute Schübe bei ihr ausgelöst hatten, obwohl sie kraftlos und ausgelaugt gewesen war. Dieses breite, fast übertriebene Grinsen saß auch jetzt noch in ihrem Gesicht. Genau jenes, das sie auch erzeugt hatte, als sie gekommen war. Ihm war nicht verborgen geblieben, dass ihr Tränen über die Wangen gelaufen waren, so intensiv hatte es sie offenbar erwischt. Und eigentlich war er etwas gekränkt, als sie das verschmierte Make-up wieder verspielt entrüstet restauriert hatte. Denn immerhin war es seine Leistung gewesen, die dies vollbracht hatte.

Und er musste gestehen, es war der beste Sex seit Langem gewesen. Er würde sogar weiter gehen und behaupten, es war schlichtweg der beste Sex seines Lebens generell.

Dennoch wollte er bei ihr nicht damit hausieren gehen. Ihm war bewusst, dass Frauen durch Sex eine Bindung aufbauten und Männer durch die Dauer einer Beziehung. Somit war er safe. Aber er war sich nicht mehr sicher, ob sie eine Frau war, deren Herz er gleichgültig brechen konnte wie jene zuvor. Etwas hatte sich verändert.

Denn Mirell war anders. Ganz anders. Besonders.

Sie brach neben ihm wieder in Gelächter aus und strahlte ihn mit diesen leicht rosafarbenen Wangen an, als würde sie unter einer Art Glücksdroge stehen. Und um ehrlich zu sein, stand es ihr so gut zu Gesicht, dass es ihm einen kleinen Stich ins Herz versetzte. Er konnte nicht verbalisieren, was in ihm vorging, doch er genoss das hier und jetzt mit ihr.

„Ja, lach du nur! Du konntest zumindest auf eine Ersatz-strumpfhose in einer Schublade zurückgreifen, aber ich hatte nur noch drei einwandfreie Hemdknöpfe zum Schließen." Aber Fabian musste bei dem Gedanken auch schmunzeln und den Kopf wiegeln. „Du kleine Raubkatze bist kaum zu bändigen, weißt du das? Aber ich ...", er zögerte, da seine Zunge viel zu ungebändigt war. Scheinbar tanzten auch bei ihm noch die Hormone durch die Adern. „Ich mag das an dir", beendete er den Satz mit einem Flüstern und traute sich nicht, sie im Augenwinkel anzusehen. Sentimentalitäten waren nicht so sein Ding. Zumindest wollte er es nicht zu nah an sich rankommen lassen, da Fabian nicht ignorieren konnte, wie weh es tat, wenn dieses Glück zerbrach. Verflucht weh und dies viel zu lange. Und dieser Schmerz geriet nie in Vergessenheit.

„Ich fasse es nicht, dass du das Taxi zu dir gezahlt hast und mich nun dennoch zu Fuß zu meiner Wohnung begleitest", wechselte sie das Thema und lehnte ihren Kopf an seine Brust … es fühlte sich zu vertraut an. Erneut kam dieser eisige Dolch und stach unerbittlich zu.

„Zuerst hatte ich gehofft, du würdest dem armen Romeo einen schönen Abend bescheren, nachdem er so liebesbedürftig ist, deine Streicheleinheiten genießt und von mir nur Fußtritte erhält. Ich hatte es nur gut für ihn gemeint, aber du hast ja darauf bestanden, weiter zu gehen", scherzte er und spürte, wie sie kurz auflachte. „Romeo ist also ein Schmusetiger und du wolltest nur sein Bestes. Nicht zufällig du selbst?"

Fabian tat scheinheilig. „Ach, wo denkst du hin? Als gestandener Mann stehe ich auf animalischen, schmutzigen, intensiven Sex – und danach auf getrennte Schlafzimmer. Alles muss seine Ordnung haben."

Mirell stieß ihm mit dem Ellenbogen in die Rippen. „Du bist und bleibst ein Macho."

„Aber ein charmanter, den du nur schwer abweisen kannst. Immerhin begleite ich dich um die halbe Welt, um endlich herauszufinden, wo du wohnst. Da wir zu Fuß unterwegs sind, hoffe ich, dass es nicht weit ist", zog er sie erneut auf, weil er sie gerne zum Lachen brachte. Er mochte jegliche Art von Geräusch, das sie von sich gab. Sei es das rasche Herzklopfen, ihr Lachen, das unvergessliche Stöhnen, aber auch die verruchte, tiefe Stimme, die sie aufsetzte, wenn sie ernst genommen werden wollte. Ihr war dies selbst wohl gar nicht bewusst, doch Fabian achtete auf solche Dinge, da er der auditive Typ war.

„Weißt du ..." Sie schund Zeit und wurde plötzlich leiser. „Ich hätte eigentlich gedacht, mein Alter könnte für dich zum Problem werden." Fabian runzelte die Stirn. „Das verstehe ich nicht? Was soll denn das Alter damit zu tun haben, dass ich dich sexy finde und dich gerne auf deinem Bürotisch vögle?"

Erneut landete ihr Ellenbogen in seinen Rippen. Diesmal etwas doller.

Mirell zwang ihn dazu, stehen zu bleiben und sie anzusehen. Und jetzt tat er es. „Ich meine es ernst."

Oje. Was sag' ich nur? Es war eines dieser Gespräche, bei denen Frauen abchecken wollten, ob es eine gemeinsame Zukunft gab. Denn wenn es nur um horizontalen Mambo ging, fragte nie jemand nach dem Alter. Aber Fabian war nicht bereit dazu, sich auf ein ‚Was wird später?' einzulassen. Generell hasste er es, dass Frauen automatisch nach dem Sex die Gunst der Stunde nutzen wollten, um Männer emotional festzunageln.

„Also da du noch nicht die dritten Zähne hast, obwohl, vielleicht hätte das ja auch so seine Vorteile ...", bemühte er sich, es mit Humor rüberzubringen, doch ihr Blick wurde nun genervt. „Ich gebe zu, für deine 55 Lenzen hast du dich gut gehalten, falls du DAS hören wolltest. Oder geht es eher darum, dass ICH dir zu grün hinter den Ohren bin und du eine raffiniertere Methode, dich deiner Strumpfhose zu entledigen, erwartet hättest?"

Mirell zog sich nun aus seiner Umarmung zurück und sah ihn ernst an: „Kannst du eigentlich unterscheiden, wann Komik angebracht ist und wann nicht?"

Das könnte anstrengend werden …

Nun nahm sie zögerlich seine Hand in die ihre: „Immerhin stecke ich dir gerade keinen Verlobungsring an und setze dir auch keinen positiven Schwangerschaftstest unter die Nase. Ich bin nur neugierig, ob du generell ein Faible für reifere Frauen hast?"

Fabian erkannte, wie wichtig ihr dieses Thema war. „Mal ehrlich, ich mache mir keine Gedanken über das Alter, wenn ich etwas sehe, was mich reizt." Und er meinte es bitter ernst, doch er konnte in ihren Augen nicht ablesen, ob sie mit dieser Antwort zufrieden war, als plötzlich eine ihm bekannte Stimme die drückende Situation auflöste: „Fabian? Bist du das? Was machst du denn zu dieser gottlosen Zeit hier?"

Fabian wandte sich überrascht zu seinem Bruder Lars, der mehr auf dem Kinderwagen vor sich lehnte, als dass er ihn schob. Er wirkte sehr müde. Bei einem kurzen Blick auf seine Uhr erkannte Fabian auch den Grund dafür: Es war 22:36 Uhr.

„Das sollte ich wohl eher dich fragen", hörte Mirell Fabian antworten. Doch sie bekam es nur wie paralysiert mit, da ihr vielmehr auffiel, dass Fabian dezent einen Schritt von ihr weg setzte und überaus rasch das Bedürfnis hatte, ihre Hand loszulassen. Als ob … als würde er bei seinem Gegenüber nicht den Eindruck erwecken wollen, dass sie sich nahestanden. Oder schämte er sich gar wegen ihr? Egal was, aber diese Reaktion tat ihr, vor allem in Anbetracht dessen, dass sie vor einer Stunde sehr vertraut Körperflüssigkeiten ausgetauscht hatten, verflucht weh. Mirell musste sich enorm konzentrieren, den Druck nicht in ihre Augen gleiten zu lassen, denn ihr war zum Heulen zumute.

„Na ja, die Kleine hält uns nachts auf Trab, da wieder ein paar der Milchzähne durchbrechen. Es ist schlicht und ergreifend die Hölle."

Mirell erkannte, wie der Mann sich nun liebevoll dem Kleinkind im Wagen widmete und in kindlichem Ton eine Entschuldigung entgegenbrachte: „Tut mir leid, Esme. Dein Papa ist nur müde und liebt dich trotzdem über alles."

Dann fiel sein Blick auf Mirell, als hätte er sich beobachtet gefühlt, was er ja auch den Tatsachen entsprach.

„Sag einmal, Fabian, wo sind deine Manieren geblieben? Willst du mir deine reizende Freundin nicht vorstellen? Denn ich bin mir sicher, dass du deinem allzu neugierigen Bruder bisher nichts von ihr erzählt hast."

Mirell lugte interessiert zu Fabian, der die Augen aufriss, sich nervös das Haar zurückstrich und die Hände anschließend in seine Manteltaschen schob. Der leicht schüttelnde Kopf und die kurze Schockstarre unterstrichen, dass er sich in dieser Situation völlig deplatziert fühlte. „Ähm, Freundin ... ha, nicht wirklich", tat er es belächelnd ab. „Lars, darf ich dir eine Arbeitskollegin von mir vorstellen? Das ist Mirell Glaser, Mirell, der Charmebolzen ist mein älterer Bruder, der nur drei Ecken entfernt wohnt."

Plötzlich war sie also nur noch ‚EINE' Arbeitskollegin? Nicht einmal ein ‚MEINE' hatte er ihr gegönnt? Mirells Ego schrumpfte in sich zusammen und sie kam sich so verdammt blöd vor. So schnell war es also passiert? Sie war nicht aus allen Wolken gestürzt, sondern katapultiert worden. Es war offensichtlich, dass Fabian sie nur als Gelegenheitsfick gesehen hatte und es daher auch egal war, dass die Nummer rasch auf einem harten Bürotisch über die Bühne gelaufen war.

Mirell presste fest ihre Lippen aufeinander, bis es wehtat. Sie wollte nur noch türmen und dieser Szene entfliehen. Es kotzte sie an, wie leichtgläubig und blind sie auf Fabian reingefallen war. Dabei hatte ihr Instinkt sie nicht nur einmal vor ihm gewarnt.

Doch als dieser Lars ihr freundlich die Hand reichte, entkrampfte sie sich und wollte zumindest höflich sein, seinen Gruß erwidern und ein kleines Lächeln dalassen. „Freut mich, Lars." Mirell lehnte sich nun etwas über den Schirm des Kinderwagens, um hineinzusehen und erkannte ein entzückendes Mädchen mit blondem Haar, das schlief wie ein Engel. Nur gequält konnte sie über diesen Anblick schmunzeln.

„Man darf sich nicht täuschen bei ihr", scherzte der stolze Papa weiter. „Die kleine Madame hat mit 20 Monaten bereits ihren eigenen Willen und tanzt uns regelrecht auf der Nase herum. Wenn mein Bruderherz endlich mal zum Essen vorbeischauen würde, könnte er dies bestätigen." Lars verpackte es tadelnd, dennoch war herauszuhören, dass es kein boshafter Vorwurf war, sondern eher Enttäuschung. Lars legte beide Hände wieder auf den Griff und wippte den Wagen zur Sicherheit, damit die Kleine ja weiterschlief, während er auf eine Antwort wartete.

„Ja, ja, ja. Du nutzt die Anwesenheit meiner Kollegin schamlos aus, um mich als miserablen Onkel dastehen zu lassen und mir ein schlechtes Gewissen zu machen."

„Klappt es zumindest?", wollte er mit einem leisen Lachen wissen und zwinkerte Mirell zu. Sie erkannte nun die Ähnlichkeit der beiden Brüder. Mit dem Unterschied, dass Lars die Frauen in seinem Leben offenkundig auf Händen trug, während Fabian sie sich nur bücken ließ, um sich selbst glücklich zu machen. Sie hielt das Ganze keine Sekunde länger aus.

„Es tut mir leid, meine Herren, mir frieren schon die Finger weg und ich muss morgen früh aufstehen. Ich hoffe, ihr nehmt es mir nicht krumm, da ich die Reunion nun verlasse und mich auf den Heimweg mache." Mirell konnte nicht verhindern, dass ihr Lächeln nur aufgesetzt wirkte, denn es fiel ihr sogar schwer, Fabian direkt anzusehen. Und es war ihr sogar recht, wenn er zurückbleiben würde, dort wo der Pfeffer wuchs.

„Das ist schade. Aber ich verstehe das. Dann wünsche ich Ihnen noch einen angenehmen Heimweg, Mirell."

„Ebenfalls, Lars", gab Mirell knapp zurück, fädelte ihre Hände in die Manteltaschen und wandte sich zum Gehen. Diesmal hatte sie am Rande auch vernommen, dass Fabian sie mit gerunzelter Stirn und tief sitzenden Augenbrauen musterte.

Gut so! Sei verwirrt und denk darüber nach, was du angerichtet hast!

„Tschüss, Lars. Ich melde mich morgen", hörte sie hinter sich Fabians gedämpfte Stimme, wobei sein Bruder ein „Wer's glaubt" folgen ließ.

Mirell beschleunigte ihren Schritt, sodass es als Walken hätte durchgehen können. Ihr Atem kam stoßweise wie aus einer

Dampflok. Sie betete in sich hinein, dass er ihr nicht nachlief, denn Mirell wusste nicht, was sie sagen sollte, so eine Wut hatte sie auf sich und die Welt.

„Hey! Ist dir so kalt, dass du einen Marathon starten musst? Ich komm' ja kaum nach", vernahm sie in scherzendem Ton von der Seite, als Fabian nun anschloss.

„Ja. Mir gefriert bereits das Herz. Und mir ist eingefallen, dass ich dringend noch was für einen morgigen Termin vorbereiten muss. Ich hatte das komplett verschwitzt." Es kam wie herausgeschossen und auswendig gelernt, doch es war ihr egal. Sie biss sich in die Unterlippe und war erleichtert, zu sehen, dass endlich die Gebäudefront ihres Wohnkomplexes im Schein der Straßenleuchten vor ihr auftauchte.

Als Fabian nun einen Zahn zulegte und direkt vor ihr haltmachte, um sie zu stellen, lief sie ihm schnurstracks in die Arme. Dennoch wagte sie es nur halbherzig, ihn anzusehen, da sie bloß das Bedürfnis hatte, ihm diesmal bewusst mit der Faust ins Gesicht zu schlagen.

„Ist alles in Ordnung mit dir? Ich habe das Gefühl, irgendetwas ist anders."

Ha! Tatsächlich?, hätte sie ihn am liebsten angeblafft.

„Natürlich! Was sollte denn nicht stimmen? Wir waren genial essen, haben lockeren Sport betrieben und jetzt bin ich müde. Also ein Tag wie jeder andere. Findest du nicht?"

Er sah sie nun verdattert an, dann skeptisch.

„Oder hättest du etwas anderes darin gesehen?" Diesmal hob sie auffordernd ihre Augenbrauen und blinzelte kein einziges Mal. Sie wollte prüfen, ob er ihrem Blick standhalten könnte oder zurückweichen würde. Doch sein Ausdruck wurde nachdenklich. Anschließend trat er zur Seite, sodass Mirell wieder lospreschen konnte, er blieb jedoch an ihr dran. So lange, bis sie vor einem Gebäude stehen blieb.

„Gut, da wären wir." Mirell bemühte sich, ihre Mundwinkel hochzuziehen, da sie ihm auf keinen Fall zeigen wollte, dass es für sie mehr war als bloßer Sex. Sie wollte nicht, dass er in ihren Augen das Verletzt-Sein und Enttäuschung erkennen würde, da sie Gefühle für ihn entwickelt hatte. Lieber war es ihr, dass er eine abgeklärte Frau vor sich stehen hatte, die es genauso genoss, belanglosen, reuelosen Sex zu haben, ohne große Worte darüber zu verschwenden.

Fabian betrachtete den Wohnblock lange und schien zu überlegen. Offenbar nagte auch etwas an ihm. „Hübsch hast du es hier."

Echt jetzt? Fällt dir nichts Besseres ein?

Wieder wollte sie eine Wutwelle ertränken und Mirell stieß stattdessen die angestaute Luft durch die Nase aus.

„Ja. Ich wohne gerne hier. Nun gut. Dann danke für diesen wunderbaren Abend. Ich habe ihn sehr genossen." Mirell lehnte sich näher zu ihm, um sich zu verabschieden, doch er schien mit sich zu ringen, ob er ihr einen Kuss auf den Mund oder die Wange geben sollte. Aber diese Wahl überließ sie ihm nicht. Rasch küsste sie ihn auf die Wange, winkte ihm, bis sie bei der Eingangstüre angekommen war.

„Gute Nacht", hörte sie ihn noch nachrufen, Mirell konnte sich jedoch nicht mehr umdrehen, da ihr bereits die Tränen aus den Augenwinkeln schossen.

18 | Zu hoch gepokert

*A*ls Fabian den Code eingab, konnte er selbst nicht fassen, zu was er fähig war. Er zweifelte an seinem gesunden Menschenverstand. Konnte das alles wirklich so tragend sein, dass er diese besagte Linie überschritt? Nämlich die Linie des Verrats?

Auf leisen Sohlen schlich er zu Mirells Bürotür und sah sich um. Da es erst kurz vor 6:00 Uhr morgens war, erhellte nur die Notbeleuchtung die Gänge und entfernt hörte er ein quietschendes, schleifendes Geräusch, welches er nicht zuordnen konnte.

So, da wäre ich. Und was jetzt?

Fabian betätigte den Türgriff und betete still und heimlich, denn er war sich relativ sicher, dass Mirell nach ihrem Sexabenteuer vergessen hatte, zuzusperren. Doch ... die Tür war verschlossen! *Verdammter Mist!*

„Kann ich Ihnen helfen?" Plötzlich ging das Licht an.

Fabian sprang zur Seite und wäre der Reinigungskraft beinahe auf die Zehen gestiegen, so furchtbar erschreckt hatte er sich. Als er auf ihren Putzwagen samt der kleinen Gummireifen stierte, wurde ihm auch bewusst, welches Geräusch hier die Stille durchbrochen hatte.

Rasch schenkte er ihr sein vertrauensvollstes Lächeln und sein Gehirn ratterte bereits bezüglich einer Ausrede: „Oh, haben Sie mich überrascht!"

Die südländisch wirkende Frau formte misstrauisch ihre Augen zu Schlitzen. Ihr gekräuseltes, meliertes Haar war straff nach hinten gebunden und ihr gestreiftes Dienstoutfit trug das Logo einer Reinigungsfirma.

„Gut, dass Sie mich fragen. Um ehrlich zu sein, wollte ich meiner Freundin eine Überraschung auf den Tisch legen, bevor sie ihren Dienst antritt. Doch leider habe ich vergessen, dass sie ihre Tür stets absperrt. Sie würden mir nicht zufällig dabei helfen, ihr einen wunderschönen Start in den Tag zu ermöglichen? Oder?"

„Was ist es? Ich kann es ihr selbst geben", kam es in gebrochenem Deutsch, doch wohlgemerkt gut geschult, denn sie vertraute fremden Personen im Gebäude offensichtlich nicht. Zu seinem Leidwesen!

Er lehnte sich näher zu ihr, um ihr zuzuflüstern: „Wissen Sie, es wäre mir peinlich. Es handelt sich um etwas sehr Persönliches. Aber warten Sie! Damit Sie überprüfen können, dass ich es ernst meine und Sie nicht belüge ..." Fabian zog sein Handy aus der Hosentasche, öffnete die Galerie und vergrößerte den Schnappschuss mit Mirell, auf dem sie freundlich in die Kamera lächelte und sie beide sehr vertraut wirkten.

Die Frau fischte mit einer Hand ihre Lesebrille aus der Brusttasche, setzte sie auf, während sie mit der zweiten Hand sein Handy näher heranzog, um das Foto besser zu erkennen.

„Sie sind ein feines Paar. Ich wusste nicht, dass sie einen Freund hat."

Nun strahlte sie ihn an und nickte ihm wie eine Komplizin zu. Sie nahm den Transponderchip, den sie an ihren Gürtel gebunden hatte, und drückte darauf, um die Tür zu entriegeln.

Fabian lächelte breit und verschwand dahinter, noch bevor sie es sich anders überlegen konnte. Geschickt ließ er die Tür zugleiten, ohne den Anschein zu erwecken, etwas vor ihr verstecken zu wollen. Eher wirkte es wie zufällig ausgeführt. Doch als er hinter sich das Quietschen der Reifen vernahm, wusste er, dass die Reinigungskraft bereits weiterzog.

Eine riesige Last purzelte von seinen Schultern, bis er zur Wanduhr blickte und diese 6:08 Uhr zeigte. Fabian wusste nicht, wie früh Mirells Dienst startete. Er musste sich also beeilen, ihm lief eindeutig die Zeit davon. Dabei drängte sich ausgerechnet jetzt wieder die Szene des Vorabends in seinen Verstand. Denn seine Finger mussten wehmütig über jene Stelle auf dem Holztisch streichen, an der er Mirell intensiv genommen hatte. An der er ihr so nahe war wie niemals zuvor. Noch immer hing ein Hauch von Sex in der Luft, den ihre Körper gemeinsam produziert hatten. Am Boden war zu erkennen, dass die Tischbeine verschoben waren, da die Schmutzpartikel mitgezogen worden und helle Kreise auf dem Laminat zurück- geblieben waren. Und ein winziger Knopf lag noch als Überbleibsel der Leidenschaft daneben, die sie beide getrieben hatte.

Dann musste er unweigerlich an die letzten Augenblicke mit Mirell vor ihrer Wohnung denken. Sie war kühl und abweisend gewesen. Er fragte sich seitdem ständig, ob das Gespräch über ihr Alter ihr letztendlich vor Augen geführt hatte, dass sie nicht zueinanderpassten. Trotzdem war diese Einsicht so abrupt erfolgt, dass sogar er ein Schleudertrauma davongetragen hatte. Aber sollte er eigentlich nicht erleichtert darüber sein? Warum war er es dann nicht? Er wollte doch nichts von ihr. Alles, was er wollte, lag genau vor ihm. Nämlich der Ablageordner zu den Schadensfällen an Dienstkraftwagen der Magistratsabteilung 23.

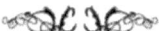

„Was ist nur los mit ihm? Er ist irgendwie komplett neben der Spur. Habt ihr eine Ahnung, was passiert ist?", hörte er Bens Flüstern aus dem Wohnzimmer. Denn Ben war ein Antitalent, wenn es ums Flüstern ging. Am liebsten hätte Fabian den Kopf aus dem Badezimmer gehalten und gewispert: „Das geht dich einen feuchten Dreck an." Doch stattdessen lehnte er über dem Waschbecken und fühlte sich unendlich leer. Ihm machte der Pokerabend heute keinen Spaß und es juckte ihn auch kein bisschen, dass er bereits 85 Euro verloren hatte. Das Allerschlimmste war jedoch, dass er sich im Augenblick lieber bei sich daheim zurückziehen und sogar Romeos Gesellschaft genießen wollte, als hier auf dem heißen Stuhl zu sitzen. Denn Fabian wusste, dass seine Freunde ihn nun löchern würden, jetzt, wo Ben das Thema losgetreten hatte.

Doch was war eigentlich tatsächlich los mit ihm? War es das schlechte Gewissen? Womöglich würde letztendlich alles gut gehen und seine Versicherung, die er heute notgedrungen abgeschlossen hatte, müsste niemals zum Einsatz kommen und niemand würde je ein Sterbenswörtchen darüber verlieren. Aber er konnte nicht aufhören, an Mirell zu denken. Er konnte einerseits dieses entzückende, fröhliche Gesicht vor sich tanzen sehen, dann diesen Ausdruck, wenn sie ihre Augen schloss, ihr

Mund leicht geöffnet war und sie sich fallen ließ ... Aber andererseits auch diesen Blick, der nur von Enttäuschung herrühren konnte. Dieser Blick war nur einen kurzen Moment aufgeflackert, doch er war da gewesen und Fabian glaubte nicht, dass sie ihm vor ihrer Haustür die Wahrheit aufgezeigt hatte. Bei dieser Verabschiedung war nichts in Ordnung gewesen. Gar nichts. Der beste Beweis dafür war, dass sie sich seitdem nicht gemeldet hatte. Aber musste sie das denn, wenn sie sich erst gestern gesehen und beide es als lockere Sache eingestuft hatten?

Aber. War. Es. Das. Auch? Oder wollte Mirell nur diesen Anschein wahren? Konnte irgendein Mann sich auf dieser Welt sicher sein, zu wissen, was eine Frau tatsächlich wollte? Wie auch, wenn sie doch etwas sagten oder machten, was sie tief in ihrem Innersten ganz anders meinten oder wollten?

Wie, verflucht, soll man das erkennen, riechen, wissen, verstehen ...? Und dieses Gehirnjogging ging ihm gehörig gegen den Strich, denn das überließ er für gewöhnlich den Frauen und er lebte ruhiger. Augenscheinlich war es mit dieser Ruhe jedoch erst einmal vorbei.

„Sag mal, brauchst du noch lange da drinnen? Wie viel Zeit kann es in Anspruch nehmen, einen Eyeliner nachzuziehen?", spottete Pascal vor der Tür und lachte über seinen eigenen Witz.

Fabian kam raus und sah ihn gelangweilt an. „Habt ihr euch nun ausgiebig hinter meinem Rücken beraten und können wir nun weiterspielen, oder muss ich mich auf anstrengende Predigten gefasst machen?"

Pascal hob unschuldig die Hände, als wüsste er von rein gar nichts und schritt dann quer an ihm vorbei ins Bad.

Na toll! Das sagt eh schon alles!

Als Fabian zum Pokertisch kam, stand eine Flasche Wodka und ein 6er-Pack Red Bull vor ihm. Fragend blickte er in die Runde.

„Was für Frauen die Schokolade an ihren Tagen ist, ist der Alkohol für Männer. Wir wollten dir nur behilflich sein, da deine Laune hundsmiserabel ist. Und so, wie wir dich kennen, würdest du ohnehin bestreiten, dass etwas nicht stimmt", erklärte Mike beiläufig und sortierte die Karten, die er nach Fabians Austreten bereits auswendig kennen musste.

„Na dann", antwortete Fabian und fasste nach der Flasche, um sich selbst einzuschenken, denn ihm war wirklich danach, seine Gedanken ein für alle Mal zu klären und Ruhe zu finden.

Ben sah ihn von der Seite an und lehnte geduckt auf seinen Ellenbogen, als würde er ein Gewitter erwarten.

„Böse Zungen würden behaupten, du hättest ein Frauenproblem", provozierte Mike weiter und kratzte sich die Nase, die von Sommersprossen übersät war.

Ben räusperte sich laut und sah Mike scharf an. Fabian konnte auch eine kurze Bewegung seiner Lippen erkennen, da er den Frieden bewahren wollte.

„Solange man keine Frau hat, gibt es keine Frauenprobleme, so sehe ich das", gab Fabian gereizt zurück und schmiss sein Blatt zur Seite, da er damit wieder keinen Gewinn kassieren würde.

„Ich wette mit dir, dass du nun ein Foto von Mirell hast."

„Wer ist Mirell?", wurde Pascal hellhörig, als er aus dem Bad kam. „Ich komm bei Fabians Frauengeschichten offenbar durcheinander."

„Mirell ist sein neues ‚P-R-O-J-E-K-T', das er nun schon fünf Wochen kennt, wenn ich richtig mitgezählt habe und das ihm die Zeit für andere Frauen stiehlt."

Fabian ließ genervt seinen Kopf in den Nacken fallen. Er wünschte sich seinen Kater herbei. Er würde mit der Situation gewiss besser klarkommen als er.

Plötzlich griff Ben zu Fabians Handy, entsperrte es und öffnete die Galerie, wo ihm sogleich das gemeinsame Foto mit Mirell entgegensprang.

Fabian schoss wütend hoch und wollte ihm das Mobilteil entreißen, als Ben es auch schon in der Runde weitergab und es – wie sollte es anders sein – bei Mike landete. Dieser nickte ehrfürchtig: „Wow! Ein roter Feuerteufel, alle Achtung! Und ich muss zugeben, es ist das erste Foto seit Langem, wo du dich zu einer Frau deklarierst. Ihr könntet ein hübsches Paar abgeben, wenn du nicht zu viel Schiss davor hättest."

Fabian nahm den Stapel Karten neben sich und pfefferte sie in Mikes Gesicht. „Wenn du bei Frauenangelegenheiten immer alles so viel besser weißt, warum richtest du dich nicht einfach selbst nach deinen Lebensweisheiten und lässt andere in Frieden damit? Keiner will das hören und keiner kann deinen melancholischen Anblick ertragen, wenn du deiner Ex nachweinst. Wir sind hier zum Pokern wie echte Männer und echte Männer laufen Frauen weder nach noch trauern sie um sie."

Mike wurde blasser als blass und schluckte einen Kloß in die Flucht.

„Fabian, lass den Scheiß! Jeder geht mit seinen Problemen anders um, okay? Und ich gebe Mike in dem Punkt recht, dass ihr auf dem Foto glücklich ausseht und gut zusammenpassen würdet. Was du daraus machst und wie du etwas zerstörst, bevor es überhaupt etwas werden konnte, ist deine Sache. Immerhin hast du da mehr Erfahrung, als die meisten." Diesmal war es Ben, der an seine Vernunft appellieren wollte. Ausgerechnet Ben, der ihm in den Rücken fiel. Fabian sah in diese beinahe schwarzen Augen und fühlte sich verraten. „Denkt ihr das wirklich? Dass ich Dinge zerstöre?" Alle am Tisch sahen ihn nun verunsichert an.

„Na ja, zumindest in Bezug auf das heutige Spiel kann ich beipflichten", erklärte Pascal leise und sammelte missmutig die überall verteilten Karten wieder ein.

19 | Verwirkte Zukunft

irell fühlte sich furchtbar. Sie saß in eine ihrer flauschigen Decken eingekuschelt auf dem Sofa und machte sich über Karamell-Nougat-Eis her. Dabei war es beinahe Weihnachten und selbst der brutale Scifi-Blockbuster im Fernsehen passte nicht ins Gesamtbild. Noch dazu war dieses Genre zu dieser Jahreszeit nicht unbedingt leicht zu finden, denn fast auf jedem Sender liefen glückliche Gesichter in Komödien und Liebesfilmen auf und ab. Und gerade denen wollte sie im Moment nur die Augen auskratzen.

Auf ihrem Handy waren zwei Anrufe in Abwesenheit vermerkt. Beide von Chloe, die noch immer auf die schmutzigen Details wartete, nachdem Mirell ihr heute aus dem Weg gegangen war. Ihr war auch nicht nach Reden zumute. Warum sollte sie Chloe auch offenlegen, dass sie sich zum Affen gemacht hatte? Ja, schön, sie konnte mit einem atemberaubenden Sexabenteuer punkten. Aber sonst? Was sollte sie Glorreiches aus dieser schmerzhaften Erfahrung mitnehmen? Dass alle Männer Schweine waren? Dass alle gleich waren und einen letztendlich nur einmal unter sich begraben wollten – und dann finito?

So offenkundig es auch zu sein schien, Mirell wollte das nicht glauben. Eher, dass sie persönlich solche Männer einfach anzog und Pech in Liebesbeziehungen hatte.

Sie schob sich einen weiteren Suppenlöffel voll Eiscreme in den Mund und konnte dennoch keine Besserung bemerken. Es war unmöglich, die Sache zu vergessen, da sie sich noch immer nach diesen starken, warmen Händen an ihrer Haut sehnte.

Diese blauen Augen tanzten vor ihr, wenn sie ihre Lider geschlossen hatte und selbst ihr elektrischer Freudenstab wollte sie nicht auf andere Gedanken bringen. Warum auch, wenn sie wusste, es konnte so viel besser laufen? Sie hätte so gerne zumindest einmal mit Fabian auf einem Sofa gekuschelt oder wäre gerne in seinen Armen eingeschlafen. Und unweigerlich spann ihre Fantasie bereits weiter, denn sogar eine gemeinsame Dusche hätte ihr gefallen. Selbst wenn es dort wieder heiß hergegangen wäre. Wie gerne wäre Mirell im Schlabberlook mit Fabian beim Frühstück gesessen und hätte ihn einfach nur beobachtet. Es waren die kleinen Dinge, die ihr wichtig waren und die vor zwei Tagen noch greifbar schienen. Und nun ärgerte sie sich über ihre Naivität.

Erneut kullerten bittere Tränen über ihre Wangen, dabei lag schon ein Meer an angeschnäuzten Taschentüchern zu ihren Füßen.

Warum hat es nicht zumindest ein paar Wochen oder Monate gut gehen können?

Fabian hatte gewusst, dass es unausweichlich war. Dennoch hatte ein winziger Hoffnungsschimmer in ihm gelebt, dass sein Abteilungsleiter diesem Teil im Bericht keinen großen Wert beimessen würde. Doch leider hatte Fabian sich geirrt.

Er stand nun vor ihm in seinem Büro. Diesmal wurde Fabian nicht einmal angeboten, sich zu setzen. Auf dem nahtlos aufgeräumten Schreibtisch lag nur dieses Dokument, das Fabian natürlich sofort erkannte. Aber das war nicht alles. Obwohl der Text kopfüber vor ihm dalag, konnte Fabian erkennen, dass an der oberen Kante Seite 20 stand. Und bereits im zweiten Absatz hatte Herr Stipschitz ganze Sätze mit einem orangefarbenen Neonstift angestrichen. An einer Stelle stach sogar ein riesiges Rufzeichen auf der Seite hervor. *Ich bin geliefert!*

Fabian hatte die Arme im Rücken verschränkt und bemühte sich darum, langsam und ruhig zu atmen. Denn wenn sein Chef nun laut werden würde, lag es an ihm, alles zu relativieren und sein Gegenüber zu beruhigen. Und er hoffte, er würde mit einem blauen Auge davonkommen und nicht seinen Trumpf ausspielen müssen.

„Als ich Sie vor zwei Wochen ins Büro zitiert hatte und wissen wollte, ob etwas Erwähnenswertes im Report zu finden sei, haben Sie mir beteuert, es wäre alles unauffällig. Es gäbe nur Kleinigkeiten, die rasch zu beseitigen wären oder sogar schon bearbeitet werden." Herr Stipschitz lehnte sich in seinem Ledersessel zurück, legte seine Fingerspitzen aufeinander und formte dadurch eine Art Pyramide. Seine Stirn lag nachdenklich in Runzeln und diese kleinen, listigen blauen Augen hingen an Fabian wie eine Klette.

„Nun musste ich allerdings feststellen, dass ausgerechnet jener Teil zum Thema der Dokumentation und der Statistiken bemängelt wurde, der niemand anderem als Ihnen anvertraut wurde. Wie konnten Sie mir so dreckig ins Gesicht lügen – und vor allem: Wie stehe ich nun beim allfälligen Ausschuss der Politiker da? Wie soll ich ihnen erörtern, dass wir es augenscheinlich nötig hatten, Schadensfälle klammheimlich nicht zu dokumentieren und unter den Tisch fallen zu lassen, um im Vergleich mit anderen Abteilungen besser dazustehen?" Seine Hände begannen zu zittern, da er sich ohne Zweifel enorm darüber aufregte.

„Herr Stipschitz, lassen Sie mich erklären …"

Drohend hob sein Chef den Zeigefinger und formte seine Augen zu Schlitzen. „Wagen Sie es ja nicht, mich noch mal anzulügen oder Dinge zu verharmlosen! Das wird für Sie Konsequenzen haben, das verspreche ich Ihnen."

„Es handelt sich um ein Missverständnis. Deshalb hat Frau Dr. Glaser auch im Bericht ergänzt, dass dieses Problem bereits während der behördlichen Überprüfung behoben werden konnte."

Herr Stipschitz schlug mit den Händen auf die Tischplatte und Fabian zuckte zusammen, da er ihn noch nie so impulsiv erlebt hatte.

„Also wie jetzt? War es ein Missverständnis, oder haben Sie das Problem beheben müssen? In meinen Ohren widerspricht sich das! Wie war es nun?" Seine Mundwinkel waren tief nach unten gezogen und Fabian wusste, dass er sich immer mehr in Widersprüche verwickeln würde.

„Streng genommen war es eine Lappalie und Frau Dr. Glaser wollte sie – pflichtbewusst und genau, wie sie ist – zumindest erwähnt haben." Fabian spürte nun, wie diese Lüge Schweiß in seine Handflächen und aus seinen Schläfen drückte. Warum konnte er nicht einfach dazu stehen, einen Fehler begangen zu haben? So schwer konnte es doch nicht sein?

Herr Stipschitz sah ihn nun verwirrt an. „Wenn es wirklich nur eine Lappalie war, wäre es nicht im Bericht gelandet. Ich will auf der Stelle wissen, was hier Sache ist, sonst hole ich mir diese Frau Dr. Glaser höchstpersönlich ins Büro!"

Und diese Drohung saß. Fabian wusste, er musste alles daran setzen, um sich zu schützen. Er wollte auf keinen Fall bei seinem Chef in Ungnade fallen oder gar versetzt werden. Daher holte er sein Ass aus dem Ärmel, auch wenn es das Letzte war, was er wollte …

20 | List und Tücke

Als sie zu ihrem Chef beordert wurde, hatte sich Mirell noch nichts dabei gedacht. Es kam zwar nicht oft vor, doch zumeist waren nur Fragen zu klären oder Unterlagen nachzureichen, sodass bereits am selben Tag alles geregelt war. Daher hatte sie auch diesmal den Termin nur als Standardprozedere eingestuft. Aber leider sollte es anders kommen …

„Könntest du das bitte noch mal wiederholen? Ich verstehe nicht recht", bat Mirell und glaubte, neben sich zu stehen. Und auch beim zweiten Anlauf klang es abstrus: „Herr Stipschitz, wie du weißt, der Abteilungsleiter der 23er, hat mich heute aufgeregt angerufen, dass er Klärung verlangt. Offenbar geht es um die Statistiken und deine Behauptung, die Anzahl der Schadensfälle wäre nicht korrekt gewesen. Er meinte, sein Mitarbeiter hätte dir bereits bei der Vorschlussbesprechung gesagt, dass der Wortlaut nicht richtig sei. Da er ein Missverständnis herausliest, möchte er eine Abänderung des Reports haben."

„Ein Missverständnis? Er glaubt, ich habe mich geirrt? Ich stehe gerade gehörig auf der Leitung. Meint er also, ich habe keine Mängel vorgefunden und die Schadensfälle waren von Anfang an vollständig?"

„Wenn ich es recht verstanden habe, sieht er es tatsächlich so." Ihr Chef schaute sie jedoch mit einem halben Lächeln an. Scheinbar nahm er es genauso wenig ernst wie sie selbst. „So

wie ich dich kenne, Mirell, hast du im Zuge der Schlussbe-
sprechung Protokoll geführt, in dem steht, dass alle mit dem
Inhalt einverstanden waren. Zudem Kopien von den alten
Statistiken, die belegen, dass es mehr Rechnungen als
Schadensfälle gab. Liege ich richtig? Bitte bring sie mir rüber,
dann kann ich Herrn Stipschitz anrufen und alles ins rechte
Licht rücken. Das haben wir gewiss schnell vom Tisch und
können es abhaken."

Mirell war wütend, nickte aber hastig. Hinterher ging sie im
Laufschritt rüber in ihr Büro, holte besagten Ordner aus ihrem
Regal, öffnete ihn und ging die Unterlagen durch. Zettel für
Zettel. Kopie für Kopie. Und da sie im ersten Durchlauf
scheinbar die Statistik überblättert hatte, wälzte sie die Papiere
ein zweites Mal ein, doch … Alle Kopien, die bewiesen hätten,
dass die Belege nicht mit den Aktenzahlen der Schadensfälle
übereinstimmten, waren spurlos verschwunden.

„Das gibt es nicht! Ich bin weder unfähig noch verrückt!"
Hektisch wühlte sie in den Dokumenten auf ihrem Tisch.
Zeitgleich ging sie mental die letzten Tage durch, um zu
checken, ob sie die verlorenen Unterlagen womöglich für
irgendetwas rausgenommen und vergessen hatte, sie
zurückzugeben. Doch ihr fiel nichts ein.

„Ist alles in Ordnung bei dir? Du wirkst völlig chaotisch."
Besorgnis hing in der Luft, als Chloe sie mit großen Augen
durch den Türrahmen hindurch ansah. „Brauchst du vielleicht
Hilfe?"

„Ich dreh' noch durch! Sag mal, ich weiß, es klingt verrückt,
aber war irgendjemand Betriebsfremder in letzter Zeit in

unserem Stock, hat herumgeschnüffelt oder Ähnliches? Ich kann sehr wichtige Beweise nicht mehr finden und ich benötige sie dringend."

„Mir fällt da nur ein, dass dein Fabian da war. Sonst eigentlich keiner."

Mirell purzelten alle Unterlagen ad hoc zu Boden und sie wandte sich in Zeitlupe zu Chloe um. Diese Antwort war hilfreich und schockierend zugleich.

Nein! So weit würde er unmöglich gehen. Ich würde ihm viel zutrauen, aber das? Andererseits … ich kenne ihn doch kaum – und zudem …! „NEIN!" Mirell schlug sich mit der flachen Hand ins Gesicht und ließ sich in ihren Drehstuhl sacken.

„Oh mein Gott! Was ist los? Habe ich einen wunden Punkt getroffen?" Chloe kam herbeigeeilt und hockte sich pflichtbewusst zu ihr. Sie nahm Mirells linke Hand und streichelte sie.

Und auf einmal machte alles Sinn. Darum hatte er auf den Italiener ums Eck bestanden. Außerdem … warum hätte Fabian ausgerechnet in ihrem Büro auf die Toilette gehen wollen, wenn es doch im Lokal auch welche gegeben hatte? Immerhin lag das Restaurant nur geschlagene fünf Gehminuten von ihrem Amt entfernt? Weshalb hatte er ihr schon bei der Verabredung angeboten, sie direkt von oben abzuholen? Er war durch und durch berechnend gewesen! Und als Fabian sie flachgelegt hatte, war er in Wahrheit nur deshalb so weit gegangen, weil er sehen wollte, welchen Sicherheitscode sie an der Tür eintippen würde.

„Ahhh!", stieß sie jähzornig aus und konnte die Tränen vor Wut und gekränktem Stolz nicht zurückhalten. Ihr lief bereits die Nase, als Chloe aus ihrer eleganten Hose eine Packung Taschentücher hervorzauberte.

„Oh, Süße. Ich ahne nichts Gutes. Bitte sag mir nicht, Fabian hat Unterlagen geklaut und dir nur deshalb den Kopf verdreht. Und ausgerechnet ich habe dich auch noch dazu angestiftet, mit ihm auszugehen." Chloe legte nun mit bedauerndem Ausdruck ihre Hand auf Mirells Wange, um die ersten Tränen abzufangen. Doch Mirell wiegelte den Kopf, stand voller Tatendrang auf und sah Chloe an. „Du trägst keine Schuld. Du hast es nur gut gemeint. Ich hätte es jedoch besser wissen müssen. Wie ich schon sagte: Job ist Job und Liebeleien mit Kunden bringen nur Schwierigkeiten ein. Ich werde die Sache aber auf der Stelle bereinigen."

Mirell schnappte ihren Mantel, Schal und Haube und lief bereits los, als sie sich noch einmal zu Chloe umdrehte: „Bitte sag unserem Chef nichts. Er soll es erst erfahren, wenn ich es nicht kitten kann. Danke, Chloe, dass du mir den Rücken deckst."

Chloe nickte und sah betroffen aus. „Kein Ding. Wir müssen doch zusammenhalten. Trotzdem hatte ich mir das für dich anders gewünscht und es tut mir so unendlich leid."

„Ist schon gut. Ich brauche kein Mitleid, aber er wird es brauchen, wenn ich mit ihm fertig bin", kündigte Mirell an und stürmte stocksauer aus dem Gebäude.

Mirell schlug mit der Faust gegen sein Türblatt, da sie bereits leere Kilometer hinter sich gebracht hatte, weil ‚Herr Schonauer' heute früher gegangen war.

So ein Feigling! Womöglich verdrückte er sich nun mit irgendeinem unplausiblen Vorwand zu Hause, bis die Luft wieder rein war. Aber das konnte er vergessen! Da hätte er früher aufstehen müssen und ihr vor allem nicht anvertrauen sollen, wo er wohnte!

Als die Tür endlich aufging und Fabian sie verdutzt ansah, stürmte sie einfach hinein, um zu verhindern, dass er die Tür vor ihrer Nase zuknallen konnte.

Er MUSSTE und WÜRDE ihr zuhören, und zwar jetzt!

„Was ist nur in dich gefahren? Du demolierst mir noch den Eingang!", fuhr er sie an, hielt aber einen gesunden Sicherheitsabstand ein. Sogar Romeo machte schlagartig eine Kehrtwende, obwohl er gerade vorhatte, sie freudig zu begrüßen.

„Was in mich gefahren ist? Außer dir meinst du? Wie konntest du nur?!", brüllte sie ihn an.

Fabian setzte mit erhobenen Händen zum Rückzug an. „Bitte beruhige dich, wir können offen über alles reden." Der Versuch, sie mit dieser leisen Stimme zu besänftigen, brachte sie noch eher in Rage. „Weißt du, du kannst stolz auf dich sein und ein weiteres Bild in deiner Trophäensammlung aufstellen. Ja, du hast es geschafft, dass mein Herz in deiner Gegenwart schneller schlägt, ich tagein, tagaus an dich denken muss und mir ständig Vorwürfe mache, warum ich nicht die Richtige sein konnte. So verflucht lange habe ich mich extra von dir distanziert und du hast es als Sport angesehen, mich rumzukriegen, mich weichzuklopfen und zu manipulieren. Und wozu das alles? Wegen eines verfickten – sorry, wenn ich es so plump ausdrücke – Satzes in einem Bericht, wonach in einem halben Jahr kein Hahn mehr kräht! Aber wer weiß, wir hätten es vielleicht länger zusammen ausgehalten. Für meinen Teil zumindest und jetzt darfst du dich wegen meiner Dummheit schlapp lachen."

Mirell zitterte am ganzen Körper, so aufgebracht war sie. Ihre Augen waren glasig, doch es war ihr egal. Es musste alles raus und er würde nicht an ihr vorbeikommen, bevor er ihr nicht reinen Wein eingeschenkt hätte.

Fabian war sprachlos. Mit dieser Offenbarung hätte er nie im Leben gerechnet. Umso mehr verfluchte er sich dafür, dass er seine innere Stimme unterdrückt und seinem Drang, beruflich weiterzukommen, gefolgt war. Er hatte schon viele Szenen von Frauen live miterlebt, aber noch nie zuvor war so eine geballte emotionale Energie auf ihn losgeballert worden.

„Bitte, Mirell, lass mich auch etwas sagen. Ich weiß, es gibt keine Entschuldigung dafür, selbst wenn ich dachte, du hast das mit uns ohnehin nicht als potenzielle Beziehung eingestuft."

Mirell rümpfte die Nase. „Potenzielle Beziehung? Was soll denn das bitte sein? Aber wie hätte ich es aufnehmen sollen, wenn ich plötzlich vor deinem Bruder nur noch irgendeine Kollegin bin. Aber das ist jetzt Nebensache. Du weißt, es geht hier um etwas ganz anderes und ich erwarte von dir, dass du Manns genug bist, es offen zuzugeben. Immerhin warst du so dreist, vor deinem Chef zu behaupten, es wäre alles ein dummes Missverständnis und es haben nie Schadensakte gefehlt. Und weil das ja nicht ausreichend kriminell war, bist du verbotenerweise in mein Büro eingestiegen. Ich sollte dich anzeigen dafür!"

Fabian trat direkt an sie heran, da ihre Pupillen so groß wie Murmeln und ihre Hände zu Fäusten geballt waren, deren niederschmetternde Macht er bereits zu gut kannte. „Du hast recht, es war nicht richtig, sondern feige. Noch dazu habe ich dadurch etwas viel Wichtigeres zerstört ..."

„Ach hör doch mit deinem Bockmist auf. Komm mir jetzt nicht damit, dass unsere Beziehung eine zarte Blüte war, die gerade erst zu blühen begonnen hatte – Blabla. Das nehme ich dir nicht mehr ab!" Sie beschoss ihn visuell mit Giftpfeilen.

Fabian seufzte, denn dagegen war nicht anzukommen. Was sollte er noch sagen? In seinem Kopf ertönte Bens Stimme, die ihm bereits unter die Nase gerieben hatte, dass er dazu neigte, die guten Dinge in seinem Leben zu zerstören, bevor sie herausragend werden konnten. Und das erste Mal verstand er, was Ben damit gemeint hatte. Aus Angst, wieder verletzt zu werden, war er zum Egomanen mutiert, der zweifelsohne für seine Belange über Leichen gegangen war.

Fabian versuchte, noch einen Schritt näher an sie heranzutreten, doch sie hob alarmiert ihre Hände, um eine Grenze zu ziehen, die er nicht überschreiten durfte.

„Mirell, es tut mir unendlich leid. Egal, was ich nun tun würde, ich könnte es nicht zurücknehmen oder ungeschehen machen. Ich habe aus Panik heraus gehandelt. Einerseits hatte ich Angst davor, mein Chef würde mir nie wieder eine Chance für einen Aufstieg geben oder mich gar degradieren. Und du liegst richtig, dass dies ein lausiges Argument ist, da es hier allein um mein Ego geht. Doch andererseits hatte ich Bedenken, weil du bei unserer letzten Verabschiedung so anders warst. Ja, es stimmt, zuerst warst du eine verlockende Herausforderung, aber …" Fabian stockte, da Mirell ihre Arme nun langsam senkte und ihre Lippen leicht bebten. Sie kämpfte mit sich selbst.

„Aber?", forderte sie.

„Aber du hast mich immer wieder überraschst und mehr und mehr verzaubert. Jedes Mal, wenn ich mir Gedanken über dich gemacht habe, habe ich mir eingeredet, es wäre eine reine Geschäftssache. Als mich dann mein Bruder darauf angesprochen hat, ob du meine Freundin seist, hat mich das kalt erwischt, da ich mich selbst gefragt hatte, ob es so war oder ich mir dies insgeheim erhoffte. Ich konnte für das, was wir miteinander hatten, noch keinen Namen finden und war überfordert. Ich weiß, nicht gerade männlich, aber es ist die Wahrheit! Denn das einzige Mal, als ich mein Herz für eine Frau geöffnet hatte, hat sie es brutal aus meiner Brust gerissen und dieser Schmerz hat mich bis heute nicht losgelassen. Es war einfacher, nur oberflächliche Beziehungen mit Frauen zu führen, als mich auf jemanden einzulassen. Einfacher und unkomplizierter. Dadurch jedoch weder echt noch intensiv. Nicht so … wie bei dir."

Mirell schloss die Lider und dicke Krokodilstränen rollten über ihre Wangen. Fabian wollte so gerne zu ihr gehen, sie in den Arm nehmen, doch er war gehemmt, da er sich entblößt und nackt fühlte. Streng genommen hatte sie ihn genötigt, seine Gefühle wie einfache Kleidungsstücke vor ihre Füße zu werfen und nun konnte Fabian nur hoffen, Mirell würde nicht auf ihnen herumtrampeln, jetzt, wo diese Emotionsfetzen so lieblos herumlagen.

Dann sah sie ihn wieder an. Mit stolzem Haupt und ernst.

„Ich will, dass du es sagst. Ich möchte, dass du offen zugibst, was du mir angetan hast."

Fabian holte tief Luft und war bereit, zu äußern, was sie verlangte, in der Hoffnung, sie könnte ihm zumindest irgendwann verzeihen und auch von einer Anzeige absehen.

„Gut. Ich entschuldige mich. Ich habe meinen Chef hinsichtlich dem Stand der Schadensmeldungen belogen, als du die Kontrolle durchgeführt hast. Es entspricht der Wahrheit, dass ich nicht alle Akten angelegt hatte und dafür Rechnungen dazu geschoben habe, die nicht zu den jeweiligen Schäden gehörten. Und weil das alles noch nicht schlimm genug ist, war ich Dienstag früh in deinem Büro, um die Kopien zu meinen Statistiken mitgehen zu lassen, damit du keinen Beweis dafür hast, wie kläglich ich in meinem Job versagt habe. Dabei hätte es eine Kleinigkeit sein können, die ich von Anfang an meinem Chef offenlegen hätte müssen und die er mit Sicherheit leichter aufgenommen hätte als diese Beichte. Aber ich verspreche dir, ich biege das gerade. Ich gebe dir auch die Unterlagen sofort zurück …"

Doch Mirell sah ihn nun verächtlich an und griff zur Türschnalle. „Das brauchst du nicht. Ich habe gehört, was ich wissen muss. Und du hast recht, es ist schade. Es hätte alles ganz anders kommen können." Dann drehte sie sich um und ging. Womöglich für immer.

21 | Schach

"Hey … Darf ich reinkommen?", flüsterte Chloe vorsichtig an der Tür. Sie trug heute ihr lockiges Haar offen und ihr Hosenanzug war wieder elegant kombiniert mit einem gestreiften, dunklen Shirt.

Mirell nickte, ohne aufzusehen, was gar nicht nötig war, denn Chloe konnte auch so erkennen, dass sie ein Wrack war, das versuchte, sich zusammenzureißen.

"Süße, du siehst furchtbar aus."

Im Augenwinkel konnte sie wahrnehmen, dass ihre Kollegin sie mit einem schiefen Lächeln aufmuntern wollte, doch es funktionierte nicht.

"Heute Nachmittag habe ich den Termin mit Herrn Stipschitz in der 23er", erklärte Mirell müde und sortierte ihre Stifte neu in das entsprechende Behältnis. Zu mehr war sie im Moment nicht imstande. Denn sie wusste zwar genau, was sie zu tun hatte, aber ob sie sich nun auf dasselbe Niveau wie Fabian stellen wollte, war ihr noch nicht klar. Ihr lag noch immer seine Beichte in den Ohren. Aber weniger die Tatsache, dass er sie beruflich angekreidet hatte, sondern eher, dass er doch wirklich die Frechheit besessen hatte, zu behaupten, sie wäre etwas Besonderes für ihn. Es bewies nur, wie ein Wurm sich verzweifelt winden konnte, bevor er zertreten wurde.

"Und was wirst du tun?", fragte Chloe nach und setzte sich auf die Kante ihres Schreibtisches. Wie automatisch wandte Mirell ihren Kopf und blieb an besagter Stelle hängen, auf der Chloe saß, und wurde traurig und wütend zugleich.

„Hab' ich denn eine Wahl? Ich werde tun, was ich tun muss."

Chloe legte ihre Finger unter Mirells Kinn und zwang sie dazu, sie anzusehen. Mirell tauchte in diese hellbraunen, gütigen Augen und ihr war erneut zum Heulen zumute. Sie hasste es, wenn sie so verweichlicht ständig am Flennen war. Das passte weder zu ihr noch zum Job.

„Süße, man hat immer eine Wahl. Du kannst vorpreschen und alles in Asche legen oder wahre Größe zeigen und Stolz bewahren, indem du gnädig bist."

Mirell strich Chloes Finger aus ihrem Gesicht, betrachtete sie jedoch weiterhin. „Wer bin ich denn? Der heilige Samariter?", zischte sie ungehalten und spürte, wie ihr Herz schneller gegen ihre Brust klopfte.

„Ich weiß ja nicht genau, was vorgefallen ist, doch eines weiß ich mit Gewissheit. Du bist eine sehr energische Frau und besonders dann, wenn man dir ans Bein pisst, kannst du explodieren. Ich möchte einfach nur verhindern, dass du zu emotional wirst und unangebracht reagierst. Du könntest es womöglich nachher bereuen und ich darf dich zitieren: Job ist Job! Was aber auch gleichzeitig bedeutet, dass es NUR ein Job ist und das wahre Leben da draußen, und vor allem nach Dienstschluss, passiert. Es kommt lediglich darauf an, was du daraus machst. Welche Strafe hat er tatsächlich verdient?"

Mirell knabberte unruhig an ihrer Unterlippe. Denn wie stets sog sie Chloes Worte ein wie ein Schwamm und musste feststellen, dass sie eine gewisse Wirkung verströmten.

„Es stimmt wohl, dass ich sachlicher sein müsste und dass es letztendlich nicht um viel geht." Mirell hielt eine Sprechpause ein, um den Worten mehr Gewicht zu verleihen. „Womöglich bin ich auch viel wütender auf mich selbst als auf ihn, weil ich so geblendet von den Emotionen war, die er in mir ausgelöst hat. Und jetzt kann ich nicht mehr beurteilen, was aus seinem Mund Wahrheit ist und was er lediglich sagt, um seine Haut zu retten. Ich kann ihm nicht mehr vertrauen."

Chloe stützte sich auf die Tischkante und verlagerte ihr Gewicht näher zu ihr. „Mal unter uns Mädels. Hand aufs Herz, hast du Gefühle für ihn?"

„Ich kenne ihn doch kaum", schoss es aus Mirell, als wäre dies Antwort genug.

„Das habe ich nicht gefragt, Mirell."

Ihre Freundin zog eine Augenbraue strafend nach oben, sodass Mirell nur noch nicken konnte.

„Okay. Jetzt geh in dich. Könnte es die klitzekleinste Chance geben, dass er etwas tut, um dich zu überzeugen, dass er ehrliches Interesse an dir hat, und du würdest ihm verzeihen? Ich meine, so richtig, Mirell! Mit allem, was dazugehört, wie einen Strich unter die ganze Sache zu ziehen und bei null zu beginnen. Also ohne meckern und ständigem Unter-die-Nase-Reiben." Wie eine Professorin schwang Chloe ihren Zeigefinger, um ihr zu verdeutlichen, was sie meinte.

Und Mirell ging in sich und überlegte.

„Um ehrlich zu sein, weiß ich es im Moment nicht."

Fabians Knie wippte nervös und er hatte seine Finger fest ineinander verkeilt, so angespannt war er. Er hätte es vorgezogen, wenn Herr Stipschitz die Klärung der Angelegenheit mit dem Rechnungshof allein geregelt hätte. Denn sein Instinkt sagte ihm, dass nicht der Direktor höchstpersönlich erscheinen würde, sondern jener Prüfer, der den Bericht verfasst hatte: nämlich Frau Dr. Glaser. Und ihm wurde klar, dass sein Stand in der ganzen Sache durch seine bloße Anwesenheit verschlimmert werden würde. Mirell brauchte ihn vermutlich nur einmal anzusehen.

Daher brach ein innerer Kampf in Fabian los. Er hatte noch ein paar Minuten, um sich seinem Chef zu erklären, bevor es zum Eklat kommen würde. Mittlerweile war es ihm auch egal, wie giftig und wütend er von ihm angesehen und behandelt werden würde, wenn er die ganze, unverblümte Wahrheit erfuhr. Aber Fabian wollte es endlich hinter sich bringen und vor allem hätte er gerne noch einen Weg gefunden, das mit Mirell wieder geradezubiegen. Doch was konnte er tun, um zu beweisen, dass er das alles aus tiefstem Herzen bereute und es ein großer Fehler war? Und dass er wirklich gerne die Chance ergreifen wollte, mehr Zeit mit ihr zu verbringen, sofern sie es nur zulassen würde? Es war ein Schnellschuss in die falsche Richtung gewesen, wie so viele seiner impulsiven Ad-hoc-Entscheidungen, die sich im Nachhinein als Fehltritt herauskristallisiert hatten.

„Machen Sie sich keine Gedanken, Herr Schonauer. Sie werden sehen, das ist in wenigen Minuten geregelt", äußerte Herr Stipschitz gelassen, dessen Finger rhythmisch gegen die

Tischkante trommelten. Sein Ausdruck war verkniffen, aber zuversichtlich und mit jedem ‚Tick' des Zeigers im Rücken wurde es Fabian unwohler in seiner Haut zumute. Schweiß drückte sich aus seiner Stirn und sein Mund war trocken. Innerlich wollte er sich Worte zurechtlegen, doch keine wollten so richtig passen.

Warum ausgerechnet jetzt? Sonst bist du so extrem reaktionsfreudig und nun herrscht eloquente Flaute?, trat er sich selbst in den Hintern.

„Herr Stipschitz? Bevor Frau Dr. Glaser in fünf Minuten reinschneien wird, muss ich Ihnen dringend etwas sagen", begann er das schlimmste Gespräch seines Lebens. Zumindest fühlte es sich gerade so an.

Sein Chef sah ihn mit hochgezogenen Brauen und gespitzten Lippen neugierig an. „Was könnte jetzt noch so dringend sein? Wir können im Anschluss gerne darüber reden."

Fabian schüttelte den Kopf und sah ihn ernst an. „Nein, es ist wichtig und muss jetzt ausgesprochen werden. Bezüglich der Schadensfälle sollten Sie wissen, dass ich nicht ganz ehrlich …"

Plötzlich platzte die Tür auf und die Sekretärin führte Mirell hinein. In ihrem Gesicht hatte sich jegliche Freundlichkeit in Sachlichkeit gewandelt. Bisher hatte Fabian sie bei keinem offiziellen Termin so ernst erlebt. Ihm fiel das Herz prompt in die Hose und ein Kloß formte sich in seinem Hals, als er sah, wie sein Chef aufsprang und Mirell überschwänglich die Hand reichte.

„Danke, dass Sie gekommen sind, Frau Dr. Glaser. Ich hätte die Missverständnisse in dem Bericht gerne rasch aus der Welt geschafft. Bitte setzen Sie sich."

„Dankeschön", erwiderte sie knapp.

Fabians Atem flog nur so dahin und es fiel ihm schwer, Mirell nicht von der Seite her anzustarren. Herr Stipschitz hatte nämlich nicht den Besprechungsraum, sondern sein Büro gewählt und dort waren die zwei Besuchersessel direkt vor seinem Schreibtisch geparkt. So hatte das Ganze einen hierarchischen Touch und Fabian war sich sicher, dass sein Vorgesetzter genau das erreichen wollte. Er wollte Mirell zeigen, dass er als Abteilungsleiter hier das Sagen und die Kontrolle hatte. Doch Mirell schien nur minder beeindruckt zu sein, schob ihren Stuhl etwas weiter von Fabian weg und setzte sich, ohne ihn auch nur ein einziges Mal anzusehen. Fabian schnürte es die Kehle zu.

„Herr Schonauer?", kam ein sehr scharfer Ton von seinem Chef, als Fabian bewusst wurde, dass er Mirell nicht begrüßt hatte. Wie von der Tarantel gestochen sprang er auf und hielt ihr die Hand entgegen. Immerhin mussten sie beide vor seinem Chef den Schein wahren, dass es sich hier ausschließlich um ein berufliches Problem handelte.

Als ihre Augen auf ihm landeten, waren sie nicht zu deuten, doch professionell, wie sie war, nahm sie seine Hand entgegen. „Guten Tag, Frau Dr. Glaser."

„Guten Tag, Herr Schonauer, wie reizend, Sie zu sehen", kam es trocken zurück. Und mit ‚reizend' meinte sie wohl Brechreiz.

Kurz verspürte Fabian den Impuls, ihre Hand länger als nötig festzuhalten oder ihr durch ein Drücken ein Zeichen zu geben, um sie merken zu lassen, dass alles, was er ihr zwischen Tür und Angel gesagt hatte, aus tiefstem Herzen gekommen war. Dass er es ehrlich gemeint hatte, doch sie zog ihre Hand so schnell zurück, dass er keine Gelegenheit dazu bekam.

„Gut, Frau Dr. Glaser. Wie ich bereits dem Direktor erklärt hatte, wurde mir mitgeteilt, dass die Schadensfälle zu keinem Zeitpunkt unvollständig gewesen waren, sondern dass Missverständnisse dahin gehend entstanden sind, dass die Rechnungen leider von Herrn Schonauer falsch einsortiert worden waren. Ihm ist die ganze Sache natürlich unangenehm, er soll Sie aber bei der Schlussbesprechung auf den unangebrachten Wortlaut hingewiesen haben." Herr Stipschitz hatte sich nun brachial in seine Lehne zurückbugsiert und sah Mirell mit einer Ruhe an, die bemerkenswert war.

Doch als Fabian nun zu Mirell schielte, zog sie den Mundwinkel auf überhebliche Weise nach oben.

„Herr Stipschitz. Ich werde Ihnen nun die Möglichkeit geben, sich zu überlegen, wo hier wirklich ein Missverständnis entstanden sein könnte. Mir ist bewusst, dass ich dies ohne Zustimmung der beteiligten Person nie aufnehmen hätte dürfen. Doch ich hatte keine Wahl." Mit diesen Worten schob sie langsam einen kleinen Datenstick über den Tisch. Genau im Blickfeld von Fabian und seinem Vorgesetzten. Als bei Fabian langsam einsickerte, um was es sich hierbei tatsächlich handelte, setzte sein Herz einen Schlag lang aus und ihm wurde speiübel.

„Soll ich Ihnen die Datei vorspielen?"

22 | Matt

„Herr Schonauer, könnten belastende Worte aus Ihrem Mund gefallen sein?", presste der Abteilungsleiter ungehalten zwischen seinen Zähnen hindurch.

Fabian zögerte und atmete dann gedehnt aus. „Durchaus, Herr Stipschitz."

„Wenn dem so ist, Herr Schonauer, verlassen Sie bitte augenblicklich das Büro." Die Art und Weise, wie er das sagte, ging sogar Mirell durch Mark und Bein.

„Herr Stipschitz, bitte lassen Sie mich das erklären ...", begann Fabian vorsichtig, er wurde jedoch grob abgewürgt: „Ich sagte: raus!" Wut stand über das feuerrote Antlitz geschrieben und die Aussprache fiel bereits feucht aus. Da der Abteilungsleiter kein einziges Mal blinzelte, war die stille Drohung, dass später noch ein weiteres Donnerwetter auf Fabian warten würde, gesetzt.

Als Mirell sah, wie Fabian verkniffen aufstand, den Stuhl in die korrekte Position zurückschob, konnte sie mehr als nur nachvollziehen, warum Fabian versucht gewesen war, seinem Boss eine Lüge aufzubinden. Ein strenges Regime konnte Mitarbeiter mitunter einschüchtern und zu Reaktionen zwingen, die in Normalsituationen nie geschehen würden. Und in diesem Augenblick war Mirell dankbar dafür, dass sie mit ihrem Vorgesetzten solch ein gutes Verhältnis pflegte. Arbeit beruhte auf gegenseitigem Respekt und Vertrauen und ihr wurde nie die Hierarchieebene vor Augen geführt. Im

Gegenteil, sie hatte stets das Gefühl, auf gleicher Höhe zu stehen.

„Eines muss ich trotzdem loswerden. Egal, was hier hinter meinem Rücken vereinbart wird. Frau Dr. Glaser hat einwandfreie Arbeit geleistet und sich nie etwas zuschulden kommen lassen. Es ist allein meinem schlechten Rückgrat zuzurechnen …" Fabians Finger zitterten leicht vor Anspannung. Mirell konnte es sehen, da sie noch immer auf der Lehne des Stuhls lagen. Sein Gesicht war ernst, sein Kinn stolz erhoben, und obwohl es ohnehin zu spät war, riskierte er es, in der Gunst seines Vorgesetzten noch tiefer zu sinken. Doch wollte er Mirell etwa so weismachen, dass er seinem Boss gegenüber keine Loyalität heuchelte, sondern ihre Person damit reinwusch?

„Stopp! Kein Wort mehr, oder wollen Sie sich weiter reinreiten, falls das überhaupt noch möglich ist. Gehen Sie mir aus den Augen!"

Und mit diesen Worten verließ Fabian still den Raum und Mirell spürte die Kälte auf sich übergleiten, obwohl hier tropische 27 Grad herrschen mussten.

„Gut, Frau Dr. Glaser. Ihnen ist bewusst, dass es illegal ist, ein Tonband ohne vorherige Bekanntgabe mitlaufen zu lassen?", flüsterte er bedrohlich und sah sie mit zu Schlitzen geformten Augen an. Doch Mirell hielt den Schein der Stärke und wedelte mit dem Datenstick. „Sehen Sie, in Anbetracht dessen, was ich hier aufgenommen habe, hätte ich kein Problem damit, es darauf ankommen zu lassen. Immerhin wissen wir beide, dass das Tonband nie offiziell vor Gericht oder vor

Anwälten abgespielt werden würde. So weit kommt es erst gar nicht, wenn es beim Direktor oder gar dem Bürgermeister und dem Magistratsdirektor persönlich gelandet ist. Nicht wahr?"

Herr Stipschitz knirschte mit den Zähnen und blinzelte kein einziges Mal.

„Sie würden also so weit gehen, nur wegen ein paar Schadensfällen?", fragte er mürrisch und Mirell zauberte nun ein Lächeln auf ihr Gesicht. „Sehen Sie, ich erkenne bei diesem Bericht auch keine Notwendigkeit, das Thema unnötig aufzubauschen. Es ist nur eskaliert wegen – wie sagten Sie so schön? – Missverständnissen." Mirell klimperte übertrieben mit den Wimpern, nahm nun den Datenstick wieder an sich und verstaute ihn sicher in ihrem Blazer.

„Herr Schonauer wird Ihnen im Anschluss an diese Besprechung Kopien überreichen, die belegen, dass zum Zeitpunkt der Prüfung nicht alle Schadensfälle korrekt angelegt waren. Mittlerweile wurde, wie ich selbst feststellen konnte, dieser Mangel behoben, wodurch der Passus im Bericht keiner Änderung bedarf. Sie werden mir gewiss beipflichten, dass Sie meinen Vorgesetzten höchstpersönlich anrufen und die Sache in gegenseitigem Wohlwollen aufklären. Keiner ist dadurch zu Schaden gekommen und wir können danach dieses kleine Ärgernis vergessen. Sehen Sie das genauso, Herr Stipschitz?" Mirell schaute ihr Gegenüber eindringlich an und streckte ihm nun ihre Hand entgegen, um die Abmachung zu besiegeln. Nach kurzer Überlegungsfrist erwiderte er die Einladung und erklärte anschließend verärgert: „Und was Herrn Schonauer betrifft, dürfen Sie sich gewiss sein, dass ich ihm noch die

Leviten lesen werde. So etwas darf unter meiner Führung einfach nicht vorkommen! Er hat mich durch sein Handeln in eine untragbare Situation gedrängt und das wird ein Nachspiel haben." Mit grimmigem Ausdruck stand er nun auf, als würde diese Besprechung jetzt für ihn beendet sein, doch Mirell wollte – nein konnte – es so nicht stehen lassen. „Herr Stipschitz, bei allem gehörigen Respekt würde ich Ihnen anraten, Ihre Maßregelung gering zu bemessen und Herrn Schonauer vor allem nicht aus dem Amt zu weisen. Sein Handeln erfolgte aus Angst vor dem Versagen und aus Respekt Ihnen gegenüber. Im Grunde genommen ist er nun geläutert und wird solch ein Verhalten nie wieder an den Tag legen. Hingegen werden Sie kaum einen Mitarbeiter finden, der mit dieser Anstrengung alles Erdenkliche bewegen will, um sich unter Ihrer Führung beweisen zu können. Eigentlich sollten Sie überlegen, ihn sogar zu befördern, falls Sie eines Tages darüber hinwegsehen können. Also bedenken Sie gut, was Sie tun. Ich bin mir gewiss, dass es früher oder später zum Rechnungshof durchsickern wird." Sie lächelte ihn auf eine Art und Weise an, die er womöglich als stille Warnung ablas. Und das war gut so, denn wenn sie sagte, es solle nach diesem Termin alles vergessen sein, dann meinte sie dies auch.

Herrn Stipschitz' Mund arbeitete und Mirell wusste, dass es ihm überhaupt nicht passte, dass sie sich in seinen Führungsstil einmischte. Doch er nickte ihr trocken zu und streckte erneut die Hand aus, um ihr im Vertrauen zu bestätigen, dass er verstand, was sie gemeint hatte.

23 | Herz oder Verstand

*F*abian konnte es nicht fassen. Als er von seinem Chef ins Büro zurückgeholt wurde, war keine Spur von Mirell zu sehen. Die Laune des Abteilungsleiters war am Boden und er knurrte mehr, als dass er sprach. Dennoch war es zu keiner Kündigung gekommen, wie Fabian es offen gestanden verdient hätte. Was Fabian überhaupt nicht begriff, war, dass Herr Stipschitz kein einziges Mal darauf eingegangen war, dass Fabian einen Diebstahl begangen hatte. Würde es nun eine Anzeige gegen ihn geben? Fabian rätselte, ob es letztendlich zum Abspielen des Tonbandes gekommen war und sein Chef nun die ganze dunkle Wahrheit kannte. Vielleicht war es auch gar nicht notwendig gewesen und Mirell hatte seinen Vorgesetzten ohne den Inhalt überzeugen können, dass sie im Recht lag.

Punktum hatte Herr Stipschitz ihm angeordnet, ihm die besagten Kopien auszuhändigen und ihn darüber in Kenntnis gesetzt, dass er eine Niederschrift bezüglich seines Verhaltens verfassen würde, die er jedoch vorerst nicht der Personalabteilung weiterleiten wolle. Was so viel bedeutete wie: ‚Du hast eine Verwarnung von mir, aber du bist noch nicht aktenkundig.'

Was zum Teufel hatte Mirell ihm erzählt, dass es so glimpflich für ihn ausgegangen war? Fabian hätte seinen Hintern verwettet, dass sie ihm den Todesstoß versetzen würde. Warum sonst hätte sie Fabian am Vortag anstandslos zu einem Seelenstrip verleitet, um ihn zu vertonen? Nur um ihn dann einfach so vom Haken zu lassen? Fabian verstand die Welt nicht mehr.

Ansonsten schien sein Chef kein Wort mehr zu diesem Thema hören zu wollen. Auch einen weiteren Versuch von Fabian, sich zu erklären, wies er ab. Und nun saß Fabian in seinem Büro und war verwirrt, dabei sollte er doch heilfroh und in Feierlaune sein. Dennoch war er es nicht. Sein Gewissen bestätigte, dass Mirell ihm den Rücken gestärkt haben musste, andernfalls säße er nicht mehr hier. Aber warum? Nach all dem, was vorgefallen war? Hatte er es überhaupt verdient?

„Eigentlich bin ich überrascht, dass du nicht einen Kopf kürzer gemacht worden bist. Ich weiß zwar nicht, WAS du angestellt hast, aber ich weiß zweifellos, dass es nicht ohne gewesen ist."

Fabian lehnte sich in seinem Sessel zurück und schnalzte mit der Zunge als Bestätigung.

„Ich habe übrigens Frau Dr. Glaser am Gang vorbeihuschen gesehen." Torsten hatte ihren Namen wieder betont und Krähenfüßchen in die Luft gezeichnet. So, wie er es gerne tat.

„Hat sie irgendetwas gesagt?", fragte Fabian beiläufig und kannte die Antwort bereits.

„Nope. Kein Sterbenswörtchen."

Fabian konnte es nicht fassen, dass er diese Frage ausgerechnet Torsten stellte. Womöglich wäre Mike die sensiblere Person dafür gewesen. „Denkst du, sie würde ein persönliches Gespräch zulassen, wenn ich dir erzähle, dass ich sie gelinkt habe und mich dafür entschuldigen will?"

„Ich wusste es! Du bist zu weit gegangen!"

Fabian rollte mit den Augen und wandte sich ab von ihm, da er es bereute, ausgerechnet Torsten ins Vertrauen gezogen zu haben. Er war einfach nur das erste Mal in seinem Leben verunsichert, wie er mit einer Frau umgehen sollte. Sonst war ihm der Ausgang der Geschichte immer egal gewesen. Doch ein klitzekleiner Teil in ihm wollte die Hoffnung nicht ziehen lassen, dass es noch eine Chance für … für was eigentlich? Eine Chance, sie für sich zu gewinnen. Und es wäre ihm gleichgültig, wie lange es auch dauern möge, denn nun wusste er ja ebenfalls – sogar aus ihrem Mund höchstpersönlich –, dass sie zumindest an ihm interessiert gewesen war. Er hatte ihr Verhalten vor ihrer Wohnung bezüglich ihres Alters lediglich fehlinterpretiert.

Was er bisher von Mirell sagen konnte, war, dass sie es wert war, um ihre Gunst zu kämpfen und er wollte mehr Zeit mit ihr verbringen. Sie besser kennenlernen und es darauf ankommen lassen, WAS das zwischen ihnen werden würde. Er wollte dem Ganzen gerne mit ihr zusammen einen Namen geben.

„Okay. Ich mag zwar nicht so ein Frauenversteher wie du sein, aber ich kann dir aus eigener Erfahrung sagen, es lohnt sich immer, es zumindest versucht zu haben. Dann hast du ein reines Gewissen und dein Bestes gegeben. Und nur für den Fall, dass hier Gefühle mit im Spiel sein sollten, was ich dir kaltherzigem Macho gar nicht zugetraut hätte, würde ich sogar unterstreichen, dass es sich stets rentiert, um etwas zu kämpfen, an das man jede Sekunde denken muss."

Fabian staunte nicht schlecht, denn diese Weisheit besaß Tiefe und schien auch für ihn Sinn zu machen.

Als Mirell durch ihren Türspion blickte, konnte sie nur einen Bund verzerrter Blumen erkennen, aber kein Gesicht zu der Person, die ihn hielt. Sie seufzte, denn sie musste offen zugeben, dass die Zahl der Verehrer verschwindend klein war und sie ausgerechnet jenem vor der Tür gar nicht erst aufmachen wollte.

Doch er betätigte die Klingel noch mal und noch mal und noch mal. Unnachgiebig. Und er besaß Durchhaltevermögen, das musste sie Fabian lassen. Daher nahm sie sich vor, ihm das Gefühl zu geben, er hätte es zumindest noch ein letztes Mal versucht, bis er erkennen würde, dass sie endgültig die Nase voll von ihm hatte und es tatsächlich auch so meinte.

Mirell öffnete die Tür und verschränkte resolut die Arme vor sich. Sie bat ihn bewusst nicht in die Wohnung.

Fabian lugte hinter dem übertrieben großen und überaus bunten Bouquet hervor und zeigte einen abschätzenden Ausdruck. „Da ich dazu neige, Dinge zu verbocken, bevor ich überhaupt die Chance hatte, etwas wirklich richtig zu machen, dachte ich mir, ich frage dich vorab: Welche Entschuldigung wäre für dich so überragend, um dein Herz zu erweichen, sodass du es unmöglich fertigbringst, mir die Tür ins Gesicht zu knallen? Denn wenn du mir die magische Formel verrätst, könntest du die Tür zuschlagen, ich läute erneut und mache genau das, was du empfohlen hast." Fabian lächelte sie an, doch es war offensichtlich, dass er sich unwohl fühlte.

Mirell zog ihre Arme enger um sich und verlagerte ihr Gewicht auf die linke Hüfte. „Ein sehr lahmer Versuch, findest du nicht? Wenn ich dir das verraten würde, hätte ich ja die Denkarbeit für dich erledigt und du wärst fein raus."

Fabian senkte den Blumenstrauß, der aufgrund der Größe in die Arme ging, und versuchte einen neuen Ansatz: „Gut, falls eine Entschuldigung so schwer durchzubringen ist, vielleicht steht es ja um ein Dankeschön besser. Denn ich weiß nicht, was du Herrn Stipschitz gesagt hast, aber ich bin noch am Leben und musste auch meinen Stuhl nicht räumen. Und ich weiß, dass die Wahrscheinlichkeit für Letzteres exorbitant hoch war. Ich kann nicht behaupten, dass ich es verdient habe …"

„Das sehe ich genauso", unterbrach sie ihn und ließ nun ihre Deckung fallen. Fabian nickte hastig und hielt ihr sogleich den Blumenstrauß direkt hin. „Ich dachte mir, Rosen kann jeder kaufen, und wenn ich an deine bunten Gemälde und extravaganten Materialen darauf denke, schätze ich, dass du auch bei Blumen Exoten bevorzugst. Deshalb habe ich alle genommen, deren Namen ich nie im Leben gehört habe, geschweige denn aussprechen kann." Er schmunzelte und strich sich sein Haar zurück, wogegen Mirell ihm nur den Blumenstrauß abnahm, sich umdrehte und in der Wohnung verschwand.

„Wenn du sonst noch etwas zu sagen hast, komm rein und schließ die Tür. Mir tun die Beine weh." Sie wusste nicht genau, warum sie es tat. Doch ihr Herz redete ihr ein, sie solle ihn zumindest ausreden lassen und dann entscheiden, wie sie ihn abfertigen wollte. Und obwohl sie Angst davor hatte, er würde mit seiner Süßholzraspelei wieder jeden wunden Punkt in ihr anspielen und sie weichklopfen, war sie neugierig, wie er sich anstellen würde. Würde er wirklich kämpfen bis aufs Blut? Sich verletzbar machen und schonungslos ehrlich zu ihr sein?

„Wow! Auch deine Wohnung ist sehr bunt und extravagant. Und du hast sogar einen Garten und ... sehe ich richtig? Du hast einen Pool?"

„Yap", gab sie kurz und knapp von sich, während sie eine Vase von dem Regal über ihrem amerikanischen Kühlschrank nahm. Sie füllte sie mit Wasser, stellte den Blumenstrauß hinein und öffnete die Zellophanverpackung, sodass die Blüten sich breit entfalteten. Und sie musste gestehen, es war wirklich eine Kombination, die sie noch nie zuvor gesehen hatte. Von Orchideen, die ihre absoluten Favoriten waren, zu Callas, Seidenrosen, Papageienblumen und Helikonien war alles mit dabei. Eigentlich war sie überwältigt, da selbst Männer, mit denen sie langjährige Beziehungen geführt hatte, nicht einschätzen konnten, welche ihr gefielen und Fabian hatte sie allesamt erraten.

„Sie sind wirklich traumhaft schön", gestand sie und sah ihn verloren bei ihr mitten im Wohnzimmer stehen. Er wagte es kaum, sich umzuschauen, obwohl er bereits Stielaugen hatte. Doch wie es sich gehörte, war es an der Gastgeberin, die Führung zu übernehmen. Und die wusste noch nicht, ob es bei einem einmaligen Besuch blieb und eine Führung daher sinnvoll wäre.

„Danke für das Lob. Es ist dafür nicht so zeitlos, aber wer will das schon?"

Fabian sah sie nun kalkulierend an. Er durchleuchtete sie, als würde er nach den richtigen Knöpfen suchen, um eine Fehlerbehebung vorzunehmen.

„Warum bist du wirklich hier? Um dich zu entschuldigen, dich zu bedanken oder ist es gar ein anderer Grund?", brachte sie es auf den Punkt und ließ sich in ihren Hängesessel gleiten, der in einer Nische aus Glasflächen direkt neben dem Sofa platziert war. „Wenn du möchtest, kannst du dich setzen." Sie deutete bewusst nirgendwo hin, denn er hatte die Wahl, sich auch an den Esstisch gegenüber von ihr hinzusetzen. Doch durch ihre Platzwahl wurde es ihm zumindest nicht so einfach gemacht, ihr nahe zu sein, um so seine Pheromone in ihre Richtung zu versprühen. Denn genau das tat er. Dieser Blick, die Art, wie er sprach, sein Parfüm, das sich soeben in jede Ritze verteilte … Fabian stahl ihr dadurch die Aufmerksamkeit und sie hasste und liebte es zugleich, dass er diese Wirkung auf sie hatte.

Doch was Fabian jetzt tat, hätte sie niemals geahnt, denn er schritt bis zum Hängesessel und setzte sich im Schneidersitz direkt auf den Holzboden vor sie hin.

Soviel also zum Plan, Abstand von ihm zu bewahren!

Dann seufzte er und starrte sie wieder so eindringlich an, dass ihr heiß wurde und ihr Herz schneller zu schlagen begann.

„Ich bin nicht gut in solchen Sachen."

„Nicht gut worin?", wollte sie nun interessiert wissen.

Fabian ließ sich Zeit und seine Finger spielten nervös mit den Stoffrändern seiner Jeans. „Die richtigen Worte zu finden für das, was ich genau will, was ich fühle oder erwarte. Denn ich habe mir schon sehr lange keine Gedanken mehr über meine Träume, Wünsche, Zukunftspläne und Gefühle machen müssen. Ich habe gut funktioniert, so wie es war. Und in meiner kleinen Welt war ich für meine Begriffe glücklich. Doch scheinbar kann ich in diese Welt nicht mehr zurück."

Mirell hielt den Atem an, denn was er sagte, ging ihr so ans Herz. Es war episch. Und als er sie eindringlich ansah, waren sie sich so nahe wie niemals zuvor, obwohl ein Meter zwischen ihnen lag und sie sich nicht einmal berührten. Seine Augen strahlten und sie hatte das Gefühl, bis tief in seine Seele blicken zu können.

„Weißt du, ich habe dir genau zugehört, als du wie eine Furie meine Wohnung gestürmt hast." Fabian zog schelmisch einen Mundwinkel in die Höhe. „Und du wärst die kostbarste und letzte Trophäe, die ich aufstellen würde, sofern ich dich für mich gewinnen könnte. Und wenn dein Herz wirklich auch jetzt schneller für mich schlägt und du tagein und tagaus an mich denken musst, sollte ich dir sagen, dass ein weiser Mann mir erklärt hat, dass es sich immer lohnt, um etwas zu kämpfen, an das man jede Sekunde denken muss. Und deswegen bin ich heute hier. Exakt vor dir. Und selbst wenn ich noch nicht sagen kann, ob wir zusammenpassen, eine Beziehung führen und im Alter einen Rollator gemeinsam nutzen werden, so würde ich dennoch zumindest gerne herausfinden, WAS wir sein können."

Mirell kaute auf ihrer Unterlippe herum und konnte nicht verhindern, dass sie gerührt war, so sehr bewegte sie diese Ansprache.

„Aber vor allem lässt mich Romeo nicht mehr ins Haus, bevor ich das mit dir nicht wieder in die Gänge gebracht habe. Zudem habe ich bereits Lars und seiner Frau zugesagt, dass wir gemeinsam morgen zum Essen kommen. Also bin ich wirklich am Arsch, wenn ich das jetzt wieder vermassele." Sein Grinsen wurde umso breiter und Mirell musste laut auflachen.

„Oh, Mann. Gerade wollte ich dir völlig emotional in die Arme fallen, weil ich noch nie im Leben so etwas Wundervolles und vor allem an mich Gerichtetes gehört habe, aber nun …"

Fabian riss die Augen auf. „Aber nun … was?"

Mirell kletterte aus dem Hängesessel direkt in seinen Schoß, bis ihre Gesichter nur wenige Zentimeter voneinander entfernt waren. „Jetzt kann ich nicht anders, als mich zu dir zu kuscheln und dich zu küssen, weil es nicht das letzte Mal sein soll, dass ich das tue. Und ich mich nicht mehr gegen deine kläglichen Verführungskünste wehren kann."

Fabian schmunzelte, bis Mirell die Augen schloss und ihre Lippen sich auf die seinen legten. Und der Kuss war noch viel intensiver und sinnlicher als ihr erster, da Mirell nun wusste, dass sein Herz wahrhaft für sie brannte.

Übrigens! Bei der ‚No Love'-Reihe handelt es sich um unabhängige Einzelwerke und ihr könnt sogleich in das nächste Werk hineinschnuppern. Die Leseprobe folgt auf der nächsten Seite ☺! Viel Spaß!

"Kann ein Hüter des Gesetzes gezähmt werden?"

no love

FOR POLICEMEN

CELINE CLAIR

1 | Das Gesetz im Nacken

So schmeckt also mein Auto, kam ihr der stichhaltige Gedanke, als ihre Lippen über das kalte Metall des Daches fuhren, da ein Polizeibeamter ihre Scherze alles andere als lustig empfunden hatte. In dieser demütigen Haltung wurde ihr klar, dass diese Situation böse enden würde. Als Selina gegen ihren Wagen gepresst wurde, hinter ihr die Handschellen einrasteten, war das erotische Bild des Punktes ,Einmal einen Polizisten bei einer Straßenkontrolle anbaggern' auf ihrer To-do-Liste nicht mehr so prickelnd. Es war bitterkalt, da der herbstliche Wind ihr durch die Strümpfe fuhr und es musste bewölkt sein, denn außer der Straßenbeleuchtung und den Scheinwerfern des Polizeiwagens war kein Fünkchen Licht am Horizont zu erkennen.

Was ist nur in mich gefahren? Wie viele Gin Tonics waren es? Sie hatte nur zwei gezählt, aber was da gerade ungefiltert über ihre Lippen gerutscht war, war alles andere als belustigend oder eloquent gewesen. Also mussten es eindeutig mehr als zwei Gläser gewesen sein:

„Herr Inspektor, wo soll ich Ihnen nun blasen, damit Sie meinen Alkoholspiegel ablesen können?", hallte es in ihrer Erinnerung nach und sie wollte sich gar nicht ausmalen, welchen beschwipsten Blick sie dabei aufgesetzt hatte. Womöglich hatte sie noch gedacht, sie wäre gerade lasziv in Erscheinung getreten. Dann folgte des Weiteren etwas so Stilvolles wie: *„Sind Sie sich sicher, dass ich keine Waffen oder Drogen an meinem Körper trage? Wollen*

Sie mich nicht penibelst genau abtasten? In meinem Höschen ist besonders viel Platz!"

Was zum Kuckuck noch einmal soll ,penibelst genau' sein? Und hatte sie das wirklich laut ausgesprochen oder war ihre Fantasie hier nur am Blühen bei einer bereits furchtbar eskalierenden Situation?

„Lalle ich eigentlich?" *Oh nein! Halt doch einfach den Mund, bevor es schlimmer wird, Selina!,* bettelte ihr Verstand, der zwischen Paragrafen, Ausschnitten von Richtersendungen im Fernsehen und wütenden Ausdrucken ihrer Eltern hin und her torkelte. Denn genauso fühlte sich ihr Kopf an: wie eine reich gefüllte Bowle, die durchgeschüttelt wurde.

„Ha, ha, ha! Steger, du hast es wieder einmal geschafft!", lachte der zweite Beamte amüsiert, der mit den Händen in den Hüften beim Polizeiwagen stehen geblieben war, indes dieser Herr Steger sie gegen den Wagen gepresst hielt. Selina konnte im Scheinwerferlicht des Einsatzfahrzeuges nur seine Silhouette erkennen, da ihr Kopf in seiner Richtung auf dem harten Metall auflag. Doch offenbar amüsierte er sich köstlich auf ihre Kosten.

„Halt's Maul", brummte der Kollege Steger zurück, während er Selina unsanft am Oberarm zog, um sie umzudrehen. „Autsch!", protestierte sie und konnte nicht verhindern, dass ihre Pupillen glasig wurden. Sie fühlte sich erbärmlich.

„Haben Sie nun Ihre Rechte verstanden, die ich Ihnen gerade verlesen habe? Sie bekommen auf dem Revier noch die schriftliche Ausfertigung", seufzte der Beamte mit diesen unglaublich ausdrucksstarken Augen. „Ich verstehe es nicht, warum Sie es so weit haben kommen lassen, Frau Krüger.

Alkohol am Steuer, Führen eines verkehrsuntauglichen Fahrzeuges – und nicht zu vergessen: Beamtenbeleidigung. Dabei hatte ich vorgehabt, Sie mit einer simplen Verwarnung davonkommen zu lassen." Dann schnappte er sie grob am Bizeps und wollte sie zum Einsatzfahrzeug bringen. Selina blinzelte traurig zu ihrem zurückgelassenen Auto, das wie ausgesetzt am Straßenrand der Bundesstraße stand. Das musste alles ein böser Albtraum gewesen sein, immerhin war der Abend mit ihren Freundinnen so genial gestartet.

„Bitte, ich wollte Sie nicht beleidigen. Ich hatte eher vor, mit Ihnen zu flirten." Selina hatte kaum ein Gefühl für ihre Zunge, sie fühlte sich merkwürdig pelzig an und sie war dankbar für die starke Hand, die sie stützte, denn die Welt um sie herum schien sich zu drehen. Dabei hätte sie schwören können, als sie eingestiegen war, ging es ihr noch bestens. „Ich meine, ich komme gerade aus dem Casino und ich gebe zu, ich hätte in diesem Zustand vielleicht nicht mehr fahren sollen, aber mal ehrlich: Wie oft kommt es vor, dass man von so einem attraktiven Polizisten aufgehalten wird? Der Alkohol hat meine Zunge gelockert und ich habe mir Dinge ausgemalt, die nur in Schundromanen vorkommen. Es tut mir wirklich leid, aber was soll ich tun? Sie stehen hier in Uniform, ich kann sonst nirgendwo hinsehen als auf ihren heißen Arsch, die breiten Schultern und diese Lippen, die ausnahmslos jede Frau im Schritt haben will." Selina verstummte sofort und hielt den Atem an. Ihr Mund musste sich selbstständig gemacht haben und entwickelte ohne Frage ein Eigenleben, bei dem sie nicht mehr mitzureden hatte.

Auch wenn es wahr ist! Wären ihre Hände nicht gerade am Rücken zusammengepfercht, hätte sie sich liebend gerne selbst eine gescheuert. „Bitte, Herr Inspektor, wenn Sie sich ausziehen, wäre ich nicht so nervös. Is' wirklich so."

Oh bitte, so wollte ich das jetzt nicht ausdrücken!!! Na ja, aber so ähnlich.

„Sie können es einfach nicht lassen? Finden Sie das etwa komisch?" Seine Augen wurden zu zornigen Schlitzen, sie musste den Bogen tatsächlich überspannt haben. Sie presste die Lippen aufeinander und hatte den festen Vorsatz, ihren Kopf verneinend zu schütteln. Etwas Reue würde sie schon aufbringen können, oder nicht? Doch als sich in ihrem vom Alkohol bezirzten Gehirn soeben das Bild des Polizeibeamten formte, der bei toller Musik aus den 90ern vor ihr strippte und dabei einen kitschigen Glitzerstring trug, brach es aus ihr heraus. Sie konnte nicht anders, als loszuprusten vor Lachen. Gerade, als sie das Gleichgewicht zu verlieren drohte, hängte Selina sich an die starke Hand des Beamten, der zugleich seine zweite zu Hilfe nehmen musste.

„Gut, wenn Sie die Situation nicht ernst nehmen wollen, werde ich nun veranlassen, dass Ihr Auto abgeschleppt wird und Sie folgen mir unauffällig aufs Revier für eine Anzeige. Sie dürfen ihren witzigen Rausch dann anschließend im PAZ[1] ausschlafen."

---

[1] Polizeianhaltezentrum

2 | Freches Mundwerk

Als Selina vor der Polizeiinspektion resolut aus dem Einsatzwagen gezogen wurde, fing es gerade wie aus vollen Kannen zu schütten an. Ihr Herbstmantel war aus Wolle und sog sich regelrecht voll, wie ein Verdurstender in der Wüste. Unweigerlich begann sie am ganzen Leib zu frösteln, als dieser Beamte Steger seinen Kollegen ansprach: „Gut, dann viel Spaß in Günselsdorf und danke für deine Unterstützung. Wir sehen uns."

Als Selina sich umsah, las sie Traiskirchen auf dem Amtsgebäude und fragte sich, ob dies das besagte ‚PAZ' war, was auch immer dies sein sollte. Dabei hätte sie diesem verschlafenen Nest ein eigenes Polizeirevier gar nicht zugetraut. Sie war noch nie hier gewesen, aber sie konnte auch nicht von sich behaupten, sich an diesem Ort länger als nötig niederlassen zu wollen. Alles wirkte trostlos und wie ausgestorben.

„Wirst du mit der Kleinen allein fertig?", spottete sein Kollege, der nun lässig zur Fahrerseite des Wagens spazierte, und kassierte nur wieder ein Brummen von diesem Herrn Steger. Ihre wenigen Gehirnzellen, die gerade noch reibungslos funktionierten, suggerierten ihr, dass dieser Schönling seinen Job nicht besonders mochte, oder womöglich auch nur diese eine Aufgabe, sich um eine betrunkene Fahrzeuglenkerin zu kümmern.

Wer würde das auch schon gerne tun?!

Lieblos und übertrieben ernst zog er sie die drei Stufen empor zum Haupteingang und öffnete die Tür, um sie vor sich her hindurch zu schupsen.

„Hey, Steger. Brauchst du Hilfe?", hörte Selina eine leicht brechende Stimme fragen, die zu einem etwas korpulenteren Exemplar der Polizei gehörte und sich hinter einem Bildschirm direkt beim Eingang verschanzte. Er musste wohl eine Art ‚Empfangsdame' für Parteienverkehr sein und hatte, ohne auch nur den Blick zu heben, ihre zu Fleisch gewordene Handschelle erkannt. So viele Mitarbeiter schienen hier also nicht ein- und auszugehen.

„Nein. Die Madame war nur überwitzig und hat sich persönlichen Polizeischutz gewünscht."

„Aha", kam es gelangweilt retour, während der Polizist, in dessen Klammergriff sie hing, sich nun die nasse, blaue Tellerkappe abzog und ausschüttelte. Das erste Mal konnte Selina den Mehrzweckgurt an seinen Hüften betrachten. Sie hatte mit Polizisten bisher kaum etwas zu tun gehabt, aber aus nächster Nähe sah dieser Gürtel wie ein kleines Waffenarsenal aus. Sie erkannte ein Taschenmesser in passender Hülle, offenbar ein Pfefferspray, eine Pistole samt Halterung, eine leere Tasche, wo wahrscheinlich die Handschellen ihren Platz fanden, Handschuhe zu einem Gummi gezwirbelt und noch so ein Täschchen, für was auch immer. Der Gurt musste Tonnen wiegen.

Selina ließ sich von dem Beamten durch einen schmalen Gang scheuchen, der aufgrund einer flackernden Neonröhre alles andere als einladend war. Etliche kastanienbraune Türen waren geschlossen und außer dem geschäftigen Tippen des Beamten beim Eingang – der gewiss nur im Internet surfte – war absolut nichts zu hören. Da musste sogar ihr quengelnder Magen randalieren und sich lautstark bemerkbar machen. Ein ungutes Gefühl kroch ihr den Rücken empor und ihr war gar nicht mehr nach Scherzen zumute. Es fehlte nur noch ein gehässiges, geisterhaftes Lachen und ein kühles Flüstern in ihrem Nacken, denn die Gänsehaut stand schon parat.

„Muss das alles sein?", fragte sie kleinlaut, als sie bei einer der schäbigen Holztüren am anderen Ende des Gebäudes angekommen waren und der Polizist an ihr vorbeigriff, um die Klinke zu betätigen.

„Sagen Sie es mir, Frau Krüger. Ich könnte mir auch spannendere Themen vorstellen, als nun Ihre Personalien aufzunehmen." Selina wusste nicht, ob hier ein wenig Gehässigkeit durch die Worte gezogen war, doch als sie in dem warmen Raum ankamen, wurde ihr wieder bewusst, wie schwindelig sie sich fühlte. Noch dazu fraß sich die nasse Kälte ihres Mantels in die Haut und sie zitterte.

Es waren keine Worte nötig, denn als diese dunkelbraunen Augen sie misstrauisch musterten, hatte der Beamte wohl ihr Erschaudern bis in seine klammernde Klaue gespürt.

„Darf ich Ihnen das ausziehen?"

Ihre Vorstellungskraft setzte sich gerade Hörner auf und rieb sich frech die Hände. *Ausziehen? Aber hallo!*

Reiß dich zusammen!

Selina nickte hektisch und hoffte, ihre Lippen blieben diesmal versiegelt. Um sicherzugehen, fragte sie: „Entschuldigen Sie, Herr Inspektor, bevor wieder meine schmutzige Fantasie mit mir durchgeht und mir das Leben weiter zur Hölle macht, hätten Sie einen starken Kaffee für mich oder einen Schluck Wasser?" Rasch setzte sie noch ein „Bitte" hinterher.

Er sah sie eindringlich an und Selina tat sich schwer, seinem Blick standzuhalten. Der Beamte war einen Kopf größer als sie und seine dominante Nähe bereitete ihr weiche Knie. Plötzlich ließ er von ihr ab und sie stabilisierte sich an dem Stuhl, der direkt neben ihr stand.

„Exakt hier stehen bleiben! Und machen Sie mir bloß keine Dummheiten!", drohte er ihr und hob in strenger Manier den Zeigefinger. Sie schluckte einen Kloß in die Flucht und nickte artig. Nach diesem finsteren Ausdruck traute sie sich nicht einmal ein Blinzeln zu. Dennoch blieb ihr nicht verborgen, wie seine Pupillen kurz ihr Gesicht abfuhren und an ihren Lippen haften blieben. Unter der blauen Uniform und den harten Paragrafen steckte letztendlich auch nur ein Mann, der auf Reize reagierte. Ein klein wenig triumphierend hob sie einen Mundwinkel an, doch er ignorierte diese Darbietung gekonnt und verschwand hurtig aus dem Büro.

Selina blickte sich um. Das Zimmer konnte nicht mehr als fünfzehn Quadratmeter groß sein, die Jalousien waren zugezogen, die weißen Oma-Vorhänge schienen vergilbt vom Rauch und die Möbel mussten schon so gestanden haben, als sie noch als Spermium unterwegs war.

Es roch alt und auch eine Note von stechendem Zitrusduft schwebte in der Luft, als würden es die Putzfrauen hier besonders genau nehmen. Und exakt dieser Geruch ließ die

Übelkeit wieder anklopfen. Sie konnte nur hoffen, dass sich ihr ihr Mageninhalt in den nächsten Minuten nicht aufzwingen würde und sie dadurch ihre letzte Chance, hier mit nur einem blauen Auge davonzukommen, verspielen würde.

Sie versuchte, sich abzulenken und fuhr visuell alles ab. An den Wänden hingen Auszeichnungen und Diplome, auf denen der Name René Steger stand. Er schien in den letzten Jahren sehr viele Fortbildungen hinter sich gebracht zu haben und Selina fragte sich, ob das hier tatsächlich ein reguläres ‚Verhörzimmer' war. Es sah eher wie das persönliche Büro des Beamten aus.

Selina hätte sich so gerne die Oberarme gerieben, wenn die Handschellen ihre Arme mittlerweile nicht in eine schmerzende Starre nach hinten gezogen hätten und ihre Schultern bereits an Krämpfen litten. Sie nahm auch einen abgestandenen Geschmack in ihrem Mund wahr, während ihr Magen weiter rebellierte. Sie pflichtete daher dem Beamten bei, dass sie sich ebenfalls etwas Besseres vorstellen konnte, als hier Rede und Antwort zu stehen. Zum Beispiel in ihr flauschiges Bett zu fallen und die nächsten zwölf Stunden nicht mehr herauszukriechen. Ihr war das Ganze bereits peinlich und der anfängliche Übermut schien sich wohl langsam zu verflüchtigen. Zusammen mit dem Promillespiegel.

Als die Tür wieder aufsprang und der Beamte hereinkam, zuckte Selina augenblicklich zusammen.

„Hier, Ihr Kaffee zur Ausnüchterung. Vielleicht finden Sie nebenbei auch Ihren Respekt wieder", erklärte er mürrisch und stellte einen Plastikbecher mit dampfendem Inhalt auf den

Schreibtisch direkt daneben. Dann zog er sich seine durchnässte Einsatzjacke aus, hängte sie an die kleine Garderobe bei der Tür und wandte sich anschließend ihr zu. Unsanft drehte er sie um ihre eigene Achse, um an die Handschellen zu gelangen. Selina hörte ein metallenes Geräusch und spürte, wie die eisernen Klauen von ihr abließen. Instinktiv zog sie ihre Handgelenke nach vorne und rieb sich über die Druckstellen, die sich zweifelsohne in ihre zarte Haut gedrückt hatten. Auch alle an Handschellen gekoppelte Vorstellungen, die oftmals erotische Bilder und Gefühle heraufbeschworen, waren schlagartig verpufft wie Rauch.

„In Ihrer Fantasie hat sich das wohl anders angefühlt", begleitete der Polizist die Geste und seine Stimme hatte eine sehr dunkle Klangfarbe angenommen, die ihr Gänsehaut bereitete. In der nächsten Sekunde half er ihr aus dem Mantel und ihre Blicke trafen sich für eine gefühlte Ewigkeit. Selina war fasziniert, dass diese Augen nicht nur braun waren, sondern kleine, grüne Sprenkel beherbergten. Doch er ließ ihr keine Gelegenheit, sie tiefer zu ergründen, denn er schob Selina zum Stuhl wie eine widerwillige Marionette. Dabei checkte er visuell ihr kurzes, eng anliegendes Paillettenkleid, das sie, mit V-Ausschnitt vorne und hinten, extra für den heutigen Abend aus dem Schrank gezogen hatte.

„Setzen!", forderte er und sie folgte aufs Wort. Rasch ließ sie auch ihre kalten Finger um den Plastikbecher vor sich gleiten und sog den Kaffeegeruch tief ein, in der Hoffnung, er könne die Übelkeit besänftigen. Währenddessen ging der Beamte mit großen Schritten um den altmodischen Schreibtisch und es war für sie unmöglich, nicht auf den spannenden Stoff seines blauen Hemdes zu schielen, dessen oberste zwei Knöpfe sich verdächtig plagten, um nicht abzureißen. Der Schriftzug ‚Polizei' lag über der stahlharten Brust und die Abzeichen mit dem österreichischen Adler und den Sternen an seinen Ärmeln sahen so edel aus. Er setzte sich auf den kleinen Stuhl hinter dem Tisch und wirkte geradezu zu groß gebaut für den armen, ächzenden Drehsessel, sodass Selina wieder schmunzeln musste. Ausgerechnet jetzt blickte er sie analysierend an. „Sie finden wohl Ihren Respekt eher nicht wieder."

3 | Reue

"Es tut mir leid …", begann Selina ehrlich und lehnte sich über den Tisch, um Vertraulichkeit auszustrahlen. „Hören Sie. Ich schwöre, dass ich für gewöhnlich ein um…un…" Selina rollte mit den Augen, da sich die Worte in ihrem Kopf zwar formten, aber ihre Zunge sie nicht rausbrachte. „Umgänglicher Mensch bin. Ich war einfach nur …"

Der Blick des Beamten fiel bei ihrer Sitzhaltung zwangsläufig in ihren Ausschnitt, was dazu führte, dass er sich schwungvoll im Sessel zurücklehnte und seine Augenbrauen nach oben zog. So schnell, wie er ihr erneut ins Gesicht sah, wollte er um jeden Preis eine unprofessionelle Haltung vermeiden und ergänzte: „In Feierlaune, ein paar Drinks zu viel und schon ist es lustig, vor einem Beamten zweideutig zu werden? Was glauben Sie, wie oft sich uniformierte Personen mit angeheiterten Groupies herumschlagen müssen, die meinen, mit ihrem Charme einer Anzeige oder Strafe entgehen zu können?"

Selina erkannte, dass solche Art Scherze wohl öfter auf seine Kosten gingen. Sie nahm ein paar Schlucke des warmen Gebräus und hoffte, ihre Gehirnzellen dadurch zu unterstützen. „Bitte. Es ging mir nicht darum, Sie zu beleidigen und ich schätze die Leistung der Polizei. Ich … ich …" Sie rang um die richtigen Worte, die ihr im nüchternen Zustand bestimmt eingefallen wären.

Der Beamte wandte sich nun zum Bildschirm neben sich, zog die Tastatur näher heran und weckte seinen PC auf. Mit einer

Hand fischte er nach Selinas Führerschein, den er fein säuberlich in der Brusttasche verstaut hatte, und legte ihn vor sich hin.

Selinas Mund wurde trocken. Was bedeutete das nun für sie? Ihre Rücklichter waren offenbar defekt gewesen, ohne dass sie es gewusst hatte. *Noch dazu beide gleichzeitig!* Der Inspektor hatte bei der Kontrolle keinen Alkoholtester dabeigehabt und konnte das Strafmaß für Alkoholkonsum am Steuer also nicht genau eingrenzen, aber die Beleidigungen? Gab es da wirklich einen Paragrafen? Ab wann bitteschön galt es denn als Beleidigung?

Sie sah sich bereits eine saftige Geldstrafe in die Hände der Justiz blättern. Würde sie vor einen Richter geführt werden und sich erklären müssen? *Wie peinlich!* Oder musste sie sogar eine Nacht in eine Art Ausnüchterungszelle, eingepfercht mit anderen ekligen Menschen, verbringen, so wie sie es in Filmen oft schon gesehen hatte? So viele Fragen sprangen ihr entgegen und feuerten die ansteigende Panik noch an.

Oh, bitte nicht!

Sie musste es erneut mit Vernunft und Reue versuchen: „Bitte, Herr Inspektor Steger, ich möchte nicht mit der Mitleidstour kommen, aber hatten Sie in Ihrem Leben nie eine Phase, in der Sie vor der Realität flüchten wollten, da Ihnen ein Missgeschick nach dem anderen passiert ist? Momente, in denen Sie sich volllaufen ließen, auch mal über die Strenge schlugen, weil Sie sich wieder nach dem Gefühl gesehnt hatten, zu leben? Sie einfach mal ausbrechen und unvernünftig sein wollten?"

Der Beamte hielt inne und kaute an seiner Unterlippe herum, als er sie nun studierte wie eine anstrengende Lektüre. Doch irgendwie fand sie das ein klein wenig sexy. Selina legte ihren Kopf schief und setzte den treuesten und reumütigsten Blick auf, den sie im Moment zustande brachte. Noch konnte sie keine Loslösung seiner angespannten Statur erkennen.

„Ich kam übermütig aus dem Casino, und als sie mich angehalten und bei der Fahrerseite zu mir reingesehen haben, ereilte mich dieser Gedanke, den ich schon so oft gehegt hatte, wenn mich ein junger, heißer ..." Sie musste schlucken, als er gerade die Arme vor sich verschränkte und laut Luft durch seine Nase stieß. Dabei öffnete sich ein Spalt an seinem Hemd, der eine glatt rasierten Brust erkennen ließ, und Selina schielte für einen Augenblick darauf, weil es einfach nicht anders ging. Bis sie sich wieder auf sein Gesicht konzentrieren konnte, welches mit dem Dreitagebart, der leicht schiefen – vielleicht mal gebrochenen – Nase und den schön geschwungenen Lippen auch nicht zu verachten war. Und sie mochte sein dichtes, haselnussfarbenes Haar samt modernem Kurzhaarschnitt.

„Entschuldigung. Ich versuche nur zu erklären, wie ich so leichtsinnig sein konnte. Um ehrlich zu sein, gibt es da diese Liste ..." Ihre auf dem Schreibtisch abgelegten Finger begannen zu zittern und sie bemühte sich, Ruhe einkehren zu lassen. Sie überspielte ihre Nervosität, indem sie ihr offenes Haar hinters Ohr strich.

„Und was für eine Liste ist das, wenn ich fragen darf?" Es kam etwas gelangweilt rüber, doch zumindest hatte er ihr noch eine Chance gegeben, die Angelegenheit aufzuklären, sonst hätte er bestimmt wieder mit dem Tippen am PC begonnen, redete sie sich ein. Selina versuchte, sich zu fassen, um nicht erneut in ein Fettnäpfchen zu treten.

„Seit ich denken kann, führe ich eine Liste. Meine To-do-Liste mit Dingen, die ich unbedingt einmal im Leben machen will. Seien es atemberaubende, verrückte, gefährliche oder unvernünftige Sachen. Manche Punkte habe ich in Filmen gesehen, wieder andere sind Fantasien, die sehr intim und schräg sind. Ein paar sind mitunter schon zu geistesgestört, um sie erfüllen zu können." Selina tastete sich mit einem freundlichen Lächeln heran und versuchte nun, Verständnis bei ihrem Gegenüber zu schüren.

„Und dieses Affentheater beim Auto bezieht sich auf diese Liste?", er sah sie nun skeptisch an und rümpfte die Nase.

Selina verzog das Gesicht: „Na ja, in meiner Vorstellung gestaltete sich das etwas prickelnder, um ehrlich zu sein. Ich sollte womöglich keine erotischen Romane mehr lesen." Selina lachte kurz auf, doch Herr Steger sprang nicht auf den Zug auf. Im Gegenteil: Sein Blick wurde dunkler und berechnender.

„Sind die Handschellen rein zufällig auch auf besagter Liste zu finden? Ich will es nämlich hoffen, zumal dies sonst für diese Art von Vergehen nicht üblich ist."

Selina war verunsichert, wie sie nun auf diese Frage reagieren sollte. „In gewisser Weise ja", flüsterte sie und sah sogleich, wie der Polizist aufstand und langsam zu ihr rüberkam. Wachsam ließ er sie nicht aus den Augen und ihr wurde mulmig zumute. Sie kam sich wie das Karnickel vor dem bösen Wolf vor.

„Und die Leibesvisitation bezüglich der Drogen oder Waffen? Stand die auch auf dieser To-do-Liste?"

Selina machte große Augen und ihre Lippen formten ein ‚Oh', als er direkt vor ihr zu stehen kam. Sein Blick war so stechend, dass ihr heiß wurde. Sie konnte nicht deuten, ob er aufgebracht war oder ihr einfach nur eine Lektion erteilen wollte, indem er bei ihr Unbehagen erzeugte.

„Ich habe Sie etwas gefragt, Frau Krüger ..." Obwohl es nur ein Flüstern war, kam es drohend rüber.

„Irgendwie schon", murmelte sie kleinlaut, da sie es nicht wagte, ihn anzulügen.

„Aufstehen!", forderte er schlagartig und Selinas Finger verkrampften sich auf den Armlehnen. Sie hoffte inständig, dass er nur scherzen würde.

„Aufstehen, hab' ich gesagt!", wiederholte er jedoch unerbittlich.

Blitzschnell sprang sie auf und konnte ihre weichen Knie rechtzeitig zur Vernunft bringen. Nur mit Mühe hielt sie seinem Blick stand, als er sie ohne Vorwarnung am Genick packte und mit seinem gesamten Körper gegen die Wand direkt neben der Tür schob. Selina schnappte überrascht nach Luft. Adrenalin schoss durch ihre Venen und sie starrte in diese dunklen Augen, die nicht von ihr abließen. Seine Statur war gegen ihre gelehnt, fest genug, um nicht fliehen zu können und dennoch nicht so eng, dass ihr das Atmen verwehrt bliebe. Selina spürte, wie seine linke Hand vom Genick aus nach vorne glitt und nun ihren Kiefer festhielt.

„Ich möchte, dass Sie die Arme nach oben strecken, Frau Krüger", wisperte er, doch es klang angsteinflößend. Mit langsamen, zitternden Bewegungen gehorchte sie, während ihre

Lippen zu beben begannen. Sie wollte etwas sagen, traute sich aber nicht. Viel zu perplex war sie aufgrund dieser plötzlichen Wendung und konnte nicht mehr erkennen, wo die Linie des Beamten gezogen war, die er in beruflicher Hinsicht nicht überschreiten durfte.

Er kam nun so nahe an ihr Antlitz, dass sie seinen heißen Atem spüren konnte. Ein Hauch von Minze und After Shave flog ihr entgegen, als seine Augen kurz über ihre Lippen strichen und er dabei seine eigenen mit der Zunge benetzte. Es war unmöglich, nicht hinzustarren. Seine Hand wurde weicher an ihrem Gesicht. Selina bildete sich sogar ein, dass sein Daumen leicht über ihr Kinn streichelte, bis er dann zu ihren Händen nach oben glitt, um diese unerbittlich festzuhalten.

Selina war verwirrt und überfordert gleichzeitig, als er ohne zu blinzeln mit der rechten Hand unter ihrer Achsel damit begann, ihren Körper abzutasten. Er zeichnete bestimmend ihre Statur bis zur Hüfte nach, trat ein paar Zentimeter von ihr weg, um diese Prozedur auch auf der linken Seite durchführen zu können.

Selina musste laut seufzen, da ihr erst jetzt bewusst wurde, dass sie zu lange den Atem angehalten hatte. Sie wurde Zeuge, wie der Beamte nun mit seiner warmen, verlangenden Hand unter ihrem Busen entlangstrich, um mögliche Gegenstände zu ertasten. Kurz machte er Anstalten, höher zu gleiten und bei Selina stellten sich automatisch die Brustwarzen auf. Irgend-etwas tief in ihr drinnen wollte sogar, dass er es wagte und das Schlimme daran war, er hielt inne und schien genau diese Information in ihren Augen abzulesen.

Verräterischer Körper!

„Hast du Angst?", flüsterte er und ihr war es augenblicklich egal, dass er das Du für sich beanspruchte hatte. Selina konnte nur wie in Trance verneinen, als er wieder dicht heranschritt und seinen starken Oberschenkel direkt zwischen ihre presste, um diese zu spreizen. Sofort wurde sie von praller Hitze übergossen und kam sich absolut ausgeliefert vor. Und zwar ihm und ihrem mit Hormonschleudern bewaffneten Körper.

„Ah!", rutschte es ihr heraus und sie wusste nicht, ob sie schreien sollte oder es ein Stöhnen werden würde. Ihr Körper spielte verrückt, denn mittlerweile drückte er seine Hand nur noch locker auf die ihren über ihrem Kopf. Sie könnte jederzeit flüchten, ihn treten oder schlagen, doch sie war außerstande dazu. Sie versank nur in diesen düsteren Augen, die sie in einem Bann hielten. Ab und zu kippte ihr Blick dennoch auf seine vollen Lippen, die so einladend nahe waren. Wie gerne hätte sie es gesehen, dass er die Kontrolle aufgab, dieses Spiel – was auch immer er damit beweisen oder bezwecken wollte – beendete und sie zu einem leidenschaftlichen Kuss verführen würde. Sie wäre mehr als bereit dafür!

Ihr Körper vibrierte leicht, als seine Hand flach an ihrem Bauch entlang langsam nach unten glitt. Ihre Haut prickelte, ihre Muskeln verspannten sich und Selina wusste, dass ein bettelnder Ausdruck in ihrem Antlitz erschien, als er jede ihrer Reaktionen gierig mit den Pupillen aufsaugte. Sie hätte schwören können, dass er diese Macht über sie mit allen Sinnen genoss.

Selinas Herz schlug ihr fest gegen die Brust, ihr Atem beschleunigte sich und sie biss sich vor Spannung in die Unterlippe. *Was passiert hier nur?*

„Dreh dich um", flüsterte er mit einer Bestimmtheit, die keine Widerrede duldete. Zeitgleich ließ er von ihr ab und sie verspürte Enttäuschung in sich aufkeimen. Denn seine Wärme ging in dem Raum verloren und sie war überwältigt davon, welche Emotionen er mit diesem gemeinen Spiel in ihr auslöste: Gier, Lust und unsagbaren Hunger.

Doch sie drehte sich um und legte artig ihre Hände wieder über dem Kopf an der Wand ab. Sie schloss die Lider und konnte nicht anders, als ihr Kreuz verführerisch durchzudrücken und ihm den Po willig zu präsentieren. Ein Teil in ihr schrie auf, wie töricht und billig sie sich aufführte, der andere Part ließ seiner Fantasie freien Lauf und spornte sie noch an.

Selina spürte, wie seine Hände nun über ihren Rücken hinabstrichen, kurz vor ihrem Po jedoch leider nach außen auswichen, um sich an ihren seitlichen Oberschenkeln nach unten vorzuarbeiten. Er ließ bewusst jegliche verbotenen, erogenen Zonen aus, so durch und durch geplant war sein Agieren, dass es geradezu Frustration in ihr erzeugte.

Verdrossen stöhnte sie leise auf, da sie sich so sicher war, er würde sich wieder gegen sie stemmen oder seine großen, starken Arme fest um ihr Gesäß oder ihre Hüfte wickeln, doch er tat es einfach nicht! Alles in ihr bettelte danach, obwohl sie diesen Mann nicht kannte und er die Grenzen seines Jobs gerade schwer übertrat.

Plötzlich spürte sie, wie seine Hände vom Knie weg an den Innenseiten ihrer Oberschenkel nach oben strichen. Sie zog scharf die Luft ein und ließ das Ganze auf sich wirken. In diesem Augenblick verfluchte sie ihre Nylonstrümpfe, die nicht unerotischer sein konnten, da sie seine Haut nur zu erahnen vermochte. Als sich seine Finger bereits unter dem Saum ihres Kleides hoch arbeiteten, begann Selina erwartungsvoll zu zittern, denn sie wusste, er hockte direkt hinter ihr und war auf dem Weg zu ihrer Mitte. Sie benetzte die Lippen und genoss es, obwohl sie das eigentlich nicht zulassen sollte. Wie die verbotene Frucht, die Eva entgegengestreckt wurde. Doch nur wenige Zentimeter, bevor seine Finger ihren Schritt auch nur berühren konnten, stoppte er. Sie hätte aus Frust liebend gerne losgebrüllt, als er nun unerwartet aufstand, sich gegen sie presste und sie aufgrund seines Gewichts brutal an die Wand geschoben wurde.

Und es ist so ein heißes Gefühl!

Das Stöhnen, das ihr entfloh, war nicht mehr aufzuhalten und ihre Erregung nicht zu leugnen. Selina musste es wissen, drückte ihre Hüfte gegen ihn, da sie unbedingt herausfinden wollte, ob er so angetörnt war wie sie. Doch er ließ den direkten Kontakt ausgerechnet in Hüfthöhe nicht zu. Stattdessen hauchte er ihr nur ins Ohr: „Ich glaube nicht, dass du dir eine Waffe oder Drogen ins Höschen gesteckt hast, sonst würde ich gewiss gründlicher nachsehen. Ich hoffe allerdings, es ist dir eine Lehre, dass bestimmte Fantasien Fantasien bleiben sollten. Und wenn du das nun einsiehst, kannst du dir ein Uber bestellen und hier verschwinden. Denn die Kosten fürs Abschleppen werden dich ohnehin noch weiter zum Stöhnen bringen."

Mit einem Mal ließ er von ihr ab und Selina krallte sich wie verloren gegen die Wand. Der bittere Beigeschmack von Schande zwang sich ihr langsam auf und sie wollte nicht wahrhaben, was da soeben passiert war. Ihr Höschen war zum Auswringen feucht und alles in ihr schrie, dass es so nicht enden sollte. Doch als sie ihre Lider öffnete und sich wie in Zeitlupe umdrehte, stand Herr Steger wieder hinter seinem Schreibtisch, als wäre nichts gewesen. Stupide hielt er ihr einen Zettel und den Führerschein entgegen und sein Ausdruck war kalt und ernst.

„Nimm deine Sachen, bevor ich es mir anders überlege."

Er schien weder außer Atem zu sein noch konnte Selina in seinem Schritt eine verdächtige Beule erkennen. Es war frustrierend. Doch was hatte sie sich erwartet? Sie befand sich in einem Wachzimmer, irgendwo in einem kleinen Ort, der Traiskirchen hieß. Sie war Zivilistin, die alkoholisiert Auto gefahren war, den Beamten aufgezogen, gereizt, geprüft und sich ihm letztendlich wie eine Nutte präsentiert und geöffnet hatte.

Als diese Erkenntnis sich wie Schleim über ihren Körper legte und sie sich selbst anwiderte, nahm sie die entgegengestreckten Utensilien wortlos entgegen und lief mit eingezogenem Kopf aus dem Büro.

Mehr zu ‚No Love for policemen' findest Du ab Juli 2019 als E-Book im Onlineshop und ab Herbst 2019 auch als Taschenbuch in deiner Bücherei!

Viel Spaß!

Zeitfracht Medien GmbH
Ferdinand-Jühlke-Straße 7
99095 Erfurt, Deutschland
produktsicherheit@kolibri360.de